Schöne Zeiten, schlimme Zeiten

REINHARD MEIS

Schöne Zeiten, schlimme Zeiten

Erinnerungen 1927 bis 1947

Bibliografische Information der Deutschen Nationalbibliothek:
Die Deutsche Nationalbibliothek verzeichnet diese Publikation in der Deutschen
Nationalbibliografie; detaillierte bibliografische Daten sind im Internet über
dnb.dnb.de abrufbar.

© 2021 Reinhard Meis
Satz, Umschlaggestaltung, Herstellung und Verlag:
BoD – Books on Demand, Norderstedt
ISBN 978-3-7526-3479-2

Inhalt

Aus der Kindheit

Es war Sonntag, der 1. Mai 1927, als ich als zweiter Sohn meiner Eltern das Licht der Welt erblickte. Mein Vater war Schulrat in Barmen. Meine Mutter war im Ersten Weltkrieg bis zu ihrer Hochzeit in der Kinderfürsorge der Stadt Barmen tätig, die sie zuletzt leitete. Sie schuf zahlreiche Kindertagesstätten vor allem zur Versorgung der Kinder, deren Mütter in der Kriegsindustrie arbeiten mussten. Nach dem Krieg bemühte sie sich um die zahlreichen Probleme in den Familien.

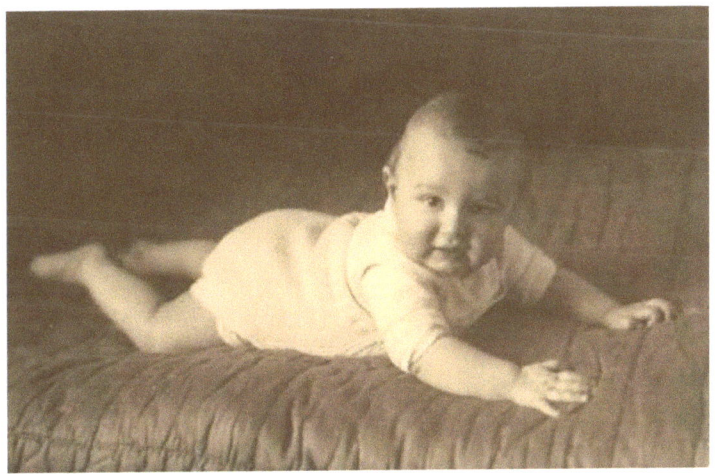

Der kleine Reinhard

Aus meiner frühen Kindheit habe ich nur wenige Erinnerungen, die recht vage sind. Ich erinnere mich zum Beispiel, dass ich gerne mit meinem Bruder Fritz auf dem Balkon unserer Wohnung in Barmen, Schwalbenstr. 27 im Sommer mit Wasser geplanscht habe.

Reinhard und Fritz mit den Eltern

Wir gingen auch gerne mit Mutter und Maria, unserem Kindermädchen, manchmal auch mit unserem Vater in den Nordpark zum Spielen. Dazu nahmen wir unseren Bollerwagen mit, eine Nachbildung
der Leiterwagen der Bauern. Heute sind diese Wägelchen in Ferien-
gebieten an der See wieder recht beliebt. In diesem kleinen Wagen
hatten wir Spiel- und Esssachen dabei.

Im Bollerwagen

Wenn unser Vater mit uns spazieren gehen konnte, machte er uns auf viele kleine Tiere und auf Pflanzen aufmerksam, so dass wir uns schon früh als Naturforscher fühlten.

Hier zeigte Vater uns den Aronstab von innen

Mit dem Bruder Fritz

Bei weiteren Zielen gingen Vater und wir Jungen – vielleicht mit Maria – voraus, und Mutter kam mit der Straßenbahn oder dem Autobus zum Ziel nach, fiel ihr das Gehen doch sehr schwer durch ihr Hüftleiden. Wie oft, weiß ich nicht mehr, aber ich erinnere mich gerne an so manche Rast in einem am Stadtrand bei Hatzfeld in der oberen Uellendahler Straße gelegenen Gartenlokal. Es hieß »En de Mang« (im Korb), heute heißt es Pfannkuchenhaus, und es gab dort Teilchen und Kakao und vor allem eine Rutschbahn, Schaukeln und ein kleines Karussell. Das war natürlich toll für uns Kinder, hatten wir doch nicht, wie es damals Sitte war, brav bei den Eltern sitzen zu bleiben, bis die ausgeruht waren und ihr Schwätzchen gehalten hatten.

Reinhard, Zweiter von rechts, mit Spielkameraden

Die Brüder in der Stadt

Am Ameisenhaufen

Weitere Gartenlokale waren die »Lempe« bei Haßlinghausen, »Haus Vesper« oben im Nordpark, wo wir später auch mit Bärbel noch Rast gemacht und die Hirsche gefüttert haben, die »Waldesruh« in der S-Kurve der Hatzfelder Straße und die »Villa Foresta« auf dem Barmer Heidt, wo ganz in der Nähe heute Gisela und Peter ihr schönes Haus haben.

Gerne gingen wir auch in den Zoo zu den Seehunden und Eisbären.

Reinhard (links) und Fritz im Wuppertaler Zoo

Die Erzählungen, an die ich mich erinnern kann, sind Selma Lagerlöfs Christuslegenden und die Geschichten vom kleinen Nils Holgersson und der Gans Aka von Kebnekaise. Mutter erzählte aus ihrer Kind-

13

heit in Riedlingen und Stuttgart. Samstags war meist Badetag für uns Kinder. Dann wurde vor dem Abendessen eine Zinkbadewanne in die Küche geholt und mit warmem Wasser vom Herd gefüllt. Hinterher wurde sie wieder ausgeschöpft und in den Keller gebracht.

Solingen, Heimat des Vaters

Nur wenige Erinnerungen aus meiner Kindheit verbinden mich mit der Solinger Heimat des Vaters, an Krahenhöhe, Dorper Hof, Wiesenkotten und Balkhauser Kotten sowie Schloss Burg. Auf der Krahenhöhe, wo Susanne heute auf dem Weg zum Halfeshof von der Stadt kommend links abbiegen muss, wohnte Vaters Mutter in dem vom Großvater Fritz Meis gebauten typischen Haus Nr. 47 an der Burger Chaussee, der heutigen Burger Landstraße.

Weniger als das Äußere des Hauses ist mir im Innern der Schrank mit der Klappe vorne noch bewusst, vor allem natürlich, weil dieser schöne alte bergische »Sekretär« heute in meinem Zimmer steht. Hingegen blieb anderes in dieser Wohnung kaum in der Erinnerung hängen. Aber die Ortsmitte von Gräfrath steht mir noch vor Augen, wo wir als Kinder am Brunnen gespielt haben. Vater erzählte von unseren Vorfahren, die hier lebten und arbeiteten.

Hartes Leben im Schleifkotten

Unser Großvater Fritz Meis lebte nicht mehr. Die Großmutter ist auch wenig später gestorben. Sie hatte als Frau des Schleifers ein sehr schweres, arbeitsreiches Leben gehabt. Denn sie hatte wie alle Schleiferfrauen die zu schleifenden Scheren oder Messerteile in einem großen Korb auf dem Kopf von der weit entfernten Stadt bis hinunter zum jeweiligen Kotten hin- und wieder zurücktragen müssen. Den Korb nannten die

Schleifer Levermang, also Lieferkorb. Die Schleiferfrauen bekamen zu ihrer Hochzeit als sichtbares Zeichen ihrer Aufgabe ein besonders geformtes Kissen. Sie legten es zum Tragen der Last auf den Kopf.

Der Solinger Wiesenkotten, fotografiert von Max Meis

Die Schleifkotten an der Wupper und an den Wupperbächen gehörten meist einem Zusammenschluss von Schleifern, die damals als reich galten, so auch unser Großvater. Dennoch hatten sie jeden, aber auch jeden Tag bei Tagesanbruch vom Dorper Hof hinab zu ihrem Schleifkotten zu wandern und kamen erst spät am Abend zurück.

Mein Vater erzählte von einem Schleifer in seiner Kindheit, der sich auf dem Rückweg von seinem Hund den Berg hinaufziehen ließ. So sehr war seine Lunge von der lebenslangen Schleiferei geschädigt.

Max Meis als Konfirmand 1897

Der Gräfrather Markt mit dem Aufgang zur alten Klosterkirche. Fritz (links) und Reinhard stehen am Brunnen, der Vater fotografiert. (Farbig)

Schleifsteinbrüche
am Balkhauser Kotten

Diese bedeutende Doppelkottenanlage lag am Fuße des Pfaffenbergs oberhalb des Ersten Balkhausen.

Das genaue Alter ist nicht bekannt. Das Solinger Rhentmeisterey-Hebebuch vom Jahre 1683/84 führt Wilhelm Lauterjung und Johann Meis in Oberbalkhausen als Besitzer auf.

Der älteste Teil der Anlage ist wohl der Innenkotten gewesen, der in den sechziger Jahren abgerissen wurde.

Einst haben hier an die 56 Schleifer die verschiedensten Solinger Erzeugnisse geschliffen.

Den Außenkotten richtete man als Heimatmuseum ein, leider brannte er 1969 durch ein Feuer aus.

Im selben Jahr begannen die Wiederaufbauarbeiten. Am 4. November 1972 wurde der Balkhauser Kotten wieder eröffnet.

Aus »Von bergischen Menschen und Stätten ihrer Arbeit«

Großeltern Meis

Nur am Heiligen Abend arbeiteten die Schleifer nicht. Bei starkem Frost konnte es aber sein, dass das Mühlrad des Kottens einfror und nicht mehr losgeschlagen werden konnte, so dass Schleifen nicht möglich war. Dafür hatten die Schleifer im Dorper Hof ein sicheres Indiz: Der Spülstein – er war wirklich aus einem Naturstein geschlagen, wie wir ihn sogar auch noch in der Küche Am Diek benutzten – hatte einen gemauerten Ausfluss, der direkt nach draußen in die Gosse führte, und wenn der nasse Spüllappen, der in der Nacht gegen die Kälte auf dem Ausgussloch gelegen hatte, gefroren war, wussten die Schleifer, dass sie heute nicht im Kotten arbeiten, aber eben auch kein Geld verdienen könnten.

Max wird Lehrer

Dort im Dorper Hof, einem kleinen, damals politisch selbständigen Flecken, wuchs Vater auf und sollte nach der Schule mit etwa 14 Jahren in die Bäckerlehre gehen, weil er für die Belastungen eines Schleifers wegen seiner zarten Kondition nicht geeignet erschien. Sein Lehrer aber drängte seine Eltern, ihr Mäxchen Lehrer werden zu lassen, doch ohne Erfolg.

Erst als Max in der Backstube immer Nasenbluten wegen der Hitze bekam und trotz liebevoller Fürsorge seines Bäckermeisters, der ihm ständig etwas zu essen zuschob, zu dem von den Eltern für ihn gewählten Beruf wohl doch nicht recht geeignet war, konnte sich sein Lehrer mit seiner Einschätzung durchsetzen.

Mäxchen kam nach Rheydt, das heute zu Mönchengladbach gehört. Die dortige Präparandenanstalt bereitete den Besuch des Rheydter Lehrerseminars vor. Mucki und Micke wohnen dort. Mit etwa 19 Jahren war er Lehrer. Er wurde »Jongmeester« in der zweiklassigen Dorfschule Rüden und marschierte täglich den langen Weg dorthin und zurück zu Fuß, sommers wie winters. Die Zwischentür zwischen seiner Unterstufenklasse und der Oberstufenklasse des (Alt-) »Meesters« blieb während des Unterrichts immer geöffnet, so dass Vater stets unter der Aufsicht des erfahrenen Lehrers war – außer beim Gesangsunterricht.

Die zweiklassige Volksschule in Solingen-Rüden

Schule in Rüden 1906. Jungmeister Max Meis, 23 Jahre (rechts)

Vater erzählte von zwei Erlebnissen mit seinen ersten Schülern. Vor ihm saß ein kleiner Wicht und starrte ihn unverwandt an, bis er auf Solinger Platt losredete: »Meester, wat häs du en dicken Kopp!« Ein anderer sagte zu Vater, der das Insignium des Lehrers in der Hand hielt, den (Zeige-) Stock: »Meester, gif mek ens den Stock«, nahm ihn und zerbrach ihn, reichte ihn zurück und sagte: »Do, den hässe de längste Tied jesänn.«

Vater war später oben in der Stadt Solingen an einer Volksschule tätig. Er kaufte sich vom Ersparten das wunderbare Mikroskop, das bei uns in der Diele steht. Damit studierte er eifrig die Natur und machte Lehrerfortbildungsarbeit, damals natürlich ohne Entlastung und Bezahlung.

Nach Ende des Ersten Weltkriegs gehörte er zu den Stadtverordneten der SPD in Solingen und wurde schon bald in Barmen zum Stadtschulrat gewählt, dem jüngsten Schulrat im neuen Freistaat Preußen. Dies alles weiß ich aus den Erzählungen der Eltern, nicht aus eigenem Erleben. Ich erinnere mich aber noch deutlich, dass Fritz und ich bei einem Besuch am Balkhauser Kotten, in dem unsere Urahnen gearbeitet haben, auf einem Fußgängersteg über die Wupper herumgeklettert sind, der über aufgetürmte Schleifsteine gelegt worden war.

Vater mit Fritz und Reinhard

Großeltern Brand in Stuttgart

An unsere Großeltern Brand in Stuttgart, die Eltern unserer Mutter, habe ich auch nur wenige Erinnerungen. Sie waren im Gegensatz zu Vaters Eltern sehr wohlhabend und lebten in einem großen Haus an der Gaisburgstraße. Sie hatten einen großen Garten am dahinter liegenden Berg. Von der Wohnung in einem oberen Stockwerk führte eine eiserne Brücke über einen Fahrweg von Großvaters Firma C. H. Burck hinüber in den Garten.

An der Gaisburgstraße gab es eine Schaukel
und einen Schießstand zum Armbrustschießen.

Mit Maria auf der Schaukel

Reinhard, Helmut, Fritz und Richard Vock im Garten der Großeltern

**Gallusmarkttag in Riedlingen 1899. Im Hintergrund die Apotheke,
Mutters Geburtshaus Foto Gottlob Brand**

Großeltern Brand

Unser Großvater war ein stattlicher Mann mit rundem Bauch und immer humorvoll zu uns Kindern. Sonntags ging er mit uns zum Parkkonzert beim Alten und Neuen Schloss Stuttgart. Damals, so erzählte mir meine Mutter, habe ich dort wohl einmal Saft oder Milch verschlabbert. Irgendwer sagte: »Wenn das die Mutter wüsste!« Ich soll damals, etwa vier Jahre alt, erwidert haben: »Das sagen wir ihr lieber gar nicht; ältere Herrschaften regen sich immer so leicht auf.«

Etwa 1931 sind wir mit Onkel Karl Kühner, dem Mann von Mutters Lieblingsschwester Gertrud, und seiner Familie mit den Großeltern Brand nach Riedlingen an der Donau gefahren, wo Mutter am 7. Oktober 1889 in der damals schon historischen Apotheke geboren wurde. Mutter erzählt in ihrer Lebensgeschichte ausführlich davon und von dem Ideenreichtum und den Aktivitäten ihres Vaters.

Im kalten Wasser der Schmiech

In einem Urlaub, vielleicht war es die gleiche Reise, waren wir mit unseren Eltern, Maria und den Großeltern Brand in Hütten an der Schmiech, einem heute noch romantischen Tal der Schwäbischen Alb.

An der Bahnstation in Hütten mit Maria

Das Wasser der Schmiech war eiskalt. Dennoch stiegen meine Eltern da hinein. Auf einem Spaziergang lief ein junger Hund immer
mit uns weiter aus dem Ort den Berg hinauf. Dann aber war ein
Eichhörnchen auf dem Weg, das er beschnuppern wollte, und da
bekam er eine Tatze auf die Nase und weg war unser liebgewonnener
Wegbegleiter. Großvater Brand war ein guter Trompeter, und bei
seinen Reisen nahm er seine Trompete immer mit. In Hütten stieg
er jeden Morgen und jeden Abend auf einen markanten Felsen am
Hang über dem Tal und blies von dort wunderbare Melodien in das
widerhallende Tal.

Großvater bläst zum Abend.

Wir Jungen durften ihn dabei auf den Berg begleiten und lauschten andachtsvoll. Das war die Welt, die wir auch aus unseren zwei herrlichen Kinder-Liederbüchern von Engelbert Humperdinck kannten. Sie heißen »Sang und Klang fürs Kinderherz«. Ich bin sicher, dass mich gerade auch ein solches Erlebnis für das ganze Leben geprägt und bereichert hat.

Ich werde noch vom Reichsarbeitsdienst und vom Gefangenenlager berichten. In diesen Zeiten habe ich auf einer Trompete am Morgen zum Wecken und am Abend zum Zapfenstreich geblasen. Als ich zuvor 1943 in Ellwangen war, worüber ich auch noch erzählen will, bin ich mit Großvaters Trompete, die Tante Lili geerbt hatte, abends mit Freunden oder meiner Freundin Traube Martel auf den Schlossberg gegangen und habe Abendlieder über die historische Stadt klingen lassen.

Aus dem Buch »Sang und Klang fürs Kinderherz«

Schülerjahre

1933 wurde ich in das 1. Schuljahr der Volksschule (heute Grundschule) Wuppermannstraße eingeschult. Das war für mich seit Fritz' Einschulung die Erfüllung eines Traumes. Aber ein richtiger Schüler bin ich vielleicht nie geworden, denn ich hatte am meisten Freude an den Pausen. Ich konnte dann mit meinen Mitschülern herumtoben.

Das I-Dötzken der Schule Wuppermannstraße 1933

Als Schulrat abgesetzt

Meine Eltern hingegen hatten zu der Zeit andere Sorgen. Mein Vater musste es als Stadtschulrat erleben, dass er eines Morgens auf dem Weg zu seinem Arbeitszimmer am Tor des Barmer Rathauses von einem Nazi in brauner Uniform mit den Worten empfangen wurde: »Sie Schwein haben in diesem Haus nichts mehr zu suchen.« Mit diesen Worten wurde an meinem Vater das neue Nazigesetz vollstreckt, das den ebenso hochtrabenden wie irreführenden Namen »Gesetz zur Wiederherstellung des Berufsbeamtentums« hatte. Den Grund für den Rauswurf sahen die Nazis in der Mitgliedschaft meines Vaters in der SPD und in der Tatsache, dass er Mitglied einer Freimaurer-Loge in Wuppertal gewesen war.

Nun war er völlig rechtswidrig arbeitslos.

Wir wohnten noch in der Schwalbenstr. 27. Es war das einzige Haus in dieser Gegend auf dem Sedansberg, das im Zweiten Weltkrieg durch eine Bombe zerstört wurde. Heute liegt dort ein Spielplatz. Die beispielhaft urbane Siedlung aus den zwanziger Jahren sollte dazu beitragen, Menschen unterschiedlicher Einkommensverhältnisse bewusst zu integrieren.

Ob das gelungen ist, kann ich nicht sagen, auch nachdem ich von 1961 bis 1966 in der Schule an der Sedanstraße als Rektor tätig gewesen bin. Ich selbst habe während meiner Kindheit aber viel mit Kindern unterschiedlichster Herkunft gespielt. Ich glaube, das hat mir für das spätere Leben sehr genützt, in der Hitlerjugend, beim Militär, als Lehrer und im Ministerium. Die Zeit vor 1933 habe ich als Kind in der Schwalbenstraße mit vielen anderen Kindern auf der Straße und in der Gegend des Sedansbergs gespielt, und ich ging in den Kindergarten auf Riescheid am Fuß des Nordparks.

Ostern 1933 also war ich in die Schule an der Wuppermannstraße gekommen. Unser Lehrer Haas war sehr fröhlich und auch ganz lieb zu uns Kindern. Wir waren sehr viele. Einmal nahm er mich auf seine

Schultern und stolzierte mit mir über die Schulbänke. Das war schön für mich, ich konnte alle Kinder von ganz oben sehen.

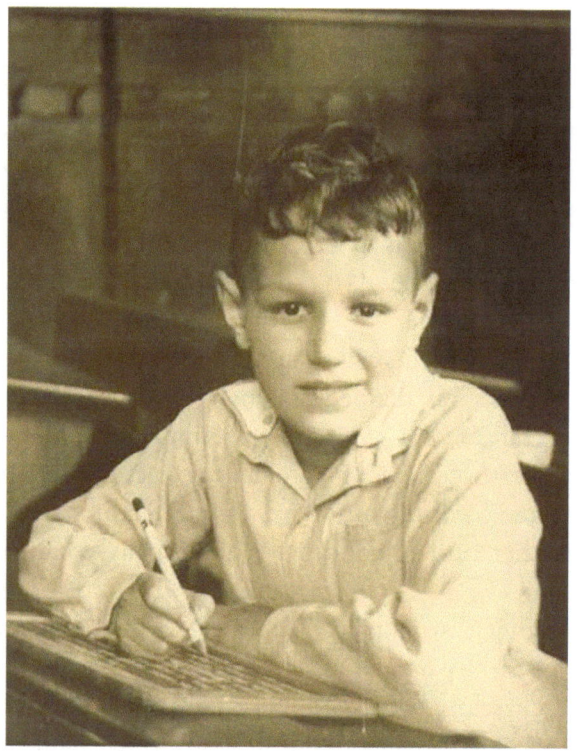

Grundschüler

Es kamen damals oft Fotografen in Kindergärten und Schulen. Die Eltern sollten dann die Fotos kaufen. In der Riescheider Straße hat übrigens Johannes Rau, später Minister- und Bundespräsident, von Kind an lange Jahre gelebt.

Da wurden die Eltern schweigsam

Auf den Straßen sah ich häufig Lastwagen mit Männern darauf, die ihre Fahnen schwenkten und dazu laut Lieder sangen oder meist brüllten. Wenn ich davon meinen Eltern erzählte, waren sie jedes Mal sehr schweigsam. Das konnte ich nicht verstehen, wo das auf der Straße doch ein rechter Zirkus gewesen war. Später wurde mir erst klar, dass hier SA-Leute oder Kommunisten und Sozialdemokraten ihre wohl aggressive Propaganda betrieben, was meinen Eltern große Sorge bereitete.

Wir Kinder spielten bald auch »In Kolonnen marschieren« und zwar im Gleichschritt wie die braunen Kolonnen auf den Straßen und dabei irgendetwas zu singen. Ich erinnere mich sehr wohl daran, dass ich früh das Lied der SA »Die Fahne hoch, die Reihen fest geschlossen« singen konnte.

Ferien in Volkmarsen

Um uns Kindern die Aufregungen in diesem Jahr der gesellschaftlichen Unsicherheit, der sogenannten »Machtergreifung« durch Hitler 1933, möglichst weitgehend zu ersparen, schickten uns unsere Eltern in den Sommerferien nach Volkmarsen zu Onkel Dux, einem Kleinbauern, der mit Maria, unserem damaligen Kindermädchen, verwandt war. Maria war ein herzensgutes Mädchen und hat viel zu meiner Entwicklung beigetragen.

Wenige Jahre später ist Maria in den Orden der Franziskanerinnen eingetreten und hat dort vor allem als Krankenschwester segensreich gewirkt in den schrecklichen Jahren des Krieges und danach. Sie wurde nach dem Krieg noch Provinzialoberin, eine hochgestellte Persönlichkeit.

In Volkmarsen haben Fritz und ich ganz intensiv das damalige Landleben in einem Dorf erlebt. Das Haus von Onkel Dux lag mitten in einer bäuerlichen, recht armen Reihenhausstraße, alle Häuser hatten einen schmalen Eingang an der Seite zwischen den Häusern, der zum Stall führte.

Morgens hörten wir das Horn des Kuhhirten aus dem Dorf, und wir mussten das Tor des Stalles öffnen, um die Kuh Lina auf die Straße zu lassen, wo sie mit den anderen Kühen und den Gänsen aus dem Dorf auf den Anger, die große gemeinsame Weidefläche des Dorfes, geführt wurde. Am Abend kamen sie zu einer ganz bestimmten Zeit wieder zurück und jede Kuh fand ihren eigenen Stall wieder, ganz alleine.

Wir lernten beim Onkel aus Linas Milch Butter zu machen. Wir fuhren mit dem Leiterwagen, der von der Kuh gezogen wurde, auf das Feld, wo das Getreide von den Erwachsenen mit der Sense gemäht, in Garben gebunden und aufgebaut wurde wie Zelte auf dem Feld.

Fritz und mir erschien diese Arbeit so mühevoll, dass wir uns damals entschlossen haben, Geld zu sparen für eine Mähmaschine, zwanzigtausend Mark sollten das sein, für Onkel Dux. Selber krochen wir, sechs und acht Jahre alt, aber, anstatt zu helfen, lieber zum Schutz vor der heißen Sonne zwischen die aufgestellten Garben und träumten vom Indianerleben.

Volkmarsen   Kugelsburg

Gruß aus Volkmarsen
„Abendruh"
Heimkehr von der städt. Viehweide

Zeitgenössische Ansichtskarten aus Volkmarsen

35

Zurück in Wuppertal konnten wir nicht genug erzählen von unseren Erlebnissen auf dem Bauernhof. Wir waren darum froh, dass unser Vater jetzt so viel Zeit für uns fand. Dass seine völlig ungerechtfertigte Arbeitslosigkeit der Grund für seine viele Freizeit war, verstanden wir Kinder natürlich nicht.

Mit Maria zurück aus Volkmarsen, rund gefüttert

Fritz durchlitt in diesen Monaten schreckliche Ängste, die mir allerdings nie bewusst geworden sind: Kinder auf der Straße riefen ihm, der immer schon infolge seiner außerordentlichen Begabungen ein gewisser Sonderling zwischen Kindern war, auf der Straße nach, sein Vater käme auch bald in die Kemna. In der Kemna, einer Ortschaft an der Wupper zwischen Blombacherbach und Beyenburg, war eines der ersten Konzentrationslager (KZ) der Nazis in Deutschland in dort leerstehenden Fabrikgebäuden eingerichtet worden. Darin hatte die SA Nazi-Gegner eingesperrt und auf das Teuflischste gefoltert, bis hin zum Mord. Fritz wurde damals nervenkrank, er zappelte auch beim Gehen auf der Straße. Heute steht gegenüber den Fabriken auf der anderen Straßenseite in der Kemna das Kemna-Denkmal zur Erinnerung an diese Verbrechen.

Vater wieder im Schuldienst

1934 hatten sich Lehrer aus Vaters altem Schulaufsichtsbezirk in Barmen, die selbst der NSDAP angehörten, bei der inzwischen von den Nationalsozialisten beherrschten Wuppertaler Stadtverwaltung für die Wiedereinsetzung meines Vaters in ein Lehreramt eingesetzt. Er erhielt das Angebot, sich entweder pensionieren zu lassen (mit gerade 50 Jahren) oder in der niedrigeren Position als Rektor einer Schule tätig zu werden, sogar mit dem Gehalt eines Schulrats.

Wieder im Schuldienst – es ist amtlich

Max Meis wird Rektor

So kamen wir 1934 nach Wichlinghausen in die Schule Am Diek. Denn mein Vater wollte nicht die Pensionierung, weil er an Fritz und mich dachte, die wir doch in der Zukunft noch viel Geld für unsere Ausbildung brauchen würden. Schließlich war damals nur die Volksschule (Klasse 1 bis 8) kostenfrei, und auch dort mussten die damals wenigen Bücher ganz von den Eltern bezahlt werden. Das Schulgeld im Gymnasium betrug je Kind im Monat 20 RM, das entspräche heute wohl etwa 200 DM.

Um den Umzug von der Schwalbenstraße zum Diek in Ruhe organisieren zu können, vertrauten uns unsere Eltern dem Lehrer Gögelein an, der in den Osterferien mit uns und anderen Jungen einen herrlichen Abenteuerurlaub im Waldgebiet der Dolinen organisierte. Gögeleins wohnten im letzten Haus der Straße Zu den Dolinen in Nächstebreck.

»Fritz und Reinhard gehen mit Herrn Gögelein in Osterferien«

38

Neue Wohnung in der Schule

Das Schulgebäude, in das wir in Wichlinghausen zogen, steht leider heute nicht mehr. Es wurde vor wenigen Jahren wegen Baufälligkeit abgerissen. In diesem Gebäude lebte ich vom 7. bis zum 26. Lebensjahr. Dort haben wir auch unsere ersten Ehejahre zugebracht, Bärbel kam 1952 zur Welt. Erst nach Bines Geburt 1953 sind wir von dort zum Hesselnberg 54 in Unterbarmen gezogen. Die Zeit Am Diek habe ich als Junge sehr intensiv erlebt.

Wir hatten in diesem Haus damals eine Riesenwohnung, wie wir es empfunden haben, in dem Mitteltrakt des Komplexes. Die etwa vier mal vier Meter großen Zimmer lagen zu beiden Seiten eines Flures, der 17 Meter lang war. Wir Kinder hatten viel Platz zum Spielen und niemanden, der – außer während der Unterrichtszeit – unter uns durch unser Auftrampeln gestört wurde.

Die Volksschule Am Diek

Wenn ich während der Unterrichtszeit in der Schule selbst nicht im Unterricht sein musste, konnte ich den Lehrern zuhören, die unter unserer Wohnung tätig waren. Dabei lernte ich viele alte Lieder, wie »Im schönsten Wiesengrunde« und »Geh aus, mein Herz, und suche Freud«. Der lange Flur war meine tägliche Rennstrecke. Unser Kinderzimmer lag an dem einen Ende des Flures, Badezimmer und Klo am anderen Ende. Immer wenn ich mal musste, rannte ich den ganzen Flur entlang. Zurück hatte ich mir zum Ziel gesetzt, nach dem Abziehen so schnell zu rennen, dass ich bei einem bestimmten Geräusch der Wasserspülung, wenn der Behälter leer war, schon wieder am Ende des Flures war.

Rennen war eine meiner Leidenschaften, ein Glück, denn das weite Marschieren in der Jungvolkzeit hat mir im Krieg mein Leben gerettet. Im Gegensatz zu mir war meine Mutter gar nicht glücklich mit dem langen Flur. Durch ihren Unfall in der Kindheit war sie gehbehindert. Da machte ihr der lange Flur immer wieder zu schaffen, wenn sie täglich mehrmals die Strecke bewältigen musste. Aber sie war glücklich, dass wir Kinder unseren Spaß hatten.

Das Badezimmer war schon recht komfortabel gegenüber der Schwalbenstraße: Hier hatten wir eine fest installierte Badewanne mit Zu- und Ablauf. Sie war auch aus Zink, aber wurde von unten durch ein Kupferrohr mit vielen kleinen Gasflämmchen aufgeheizt. Das Gas kam von der Gasleitung an der Wand durch einen etwas kräftigeren Gummischlauch. Erst Jahre später konnten sich unsere Eltern einen richtigen Gas-Badeofen und eine richtige Email-Badewanne leisten, ein unerhörter Luxus damals. Elektroherde und Elektrobadeöfen sind mir erst nach dem Zweiten Weltkrieg bekannt geworden.

Weihnachten im Kinderzimmer

In der Küche hatten wir einen Gasherd mit Backofen. Gekocht wurde fast ausschließlich in meist sehr bald verkratzten Aluminiumtöpfen, die natürlich endlos halten mussten. Die Pfanne und ein Brattopf waren aus Eisen und wurden allgemein nie ganz gereinigt, weil so das Bratgut nicht so rasch anbrennen konnte. Zum Spülen gab's kein Pril oder ähnliches Spülmittel. Wir verwendeten Soda, ein bestimmtes Seifenpulver. Gespült wurde in Emailschüsseln in dem großen viereckigen Naturstein-Spülstein.

Dann gab's in der Küche noch den Küchenherd, der von vorne links mit Holz und Kohle befeuert wurde, rechts war eine Backröhre, oben war eine von Vater und Mutter zu Anfang mit Ziegelsteinen, später dann mit immer feinerem Scheuersand und grünem Herdputzmittel letztlich spiegelblank polierte Herdplatte, die nach jedem Kochen erneut blitzblank poliert werden musste, später auch von uns Jungs – heute ein undenkbarer, überflüssiger Mehraufwand; aber die spiegelblanke Herdplatte war das Zeichen einer sauberen »bergischen Hausfrau«.

Geheizt wurde mit Kohle und Briketts in großen Dauerbrand-Öfen, die täglich mehrmals von oben mit Anthrazit befüllt werden mussten. Kohlen schleppen und Asche wegbringen mussten wir noch, bis wir in der Lischkestraße 1958 eine Zentralheizung vorfanden.

Mit meinem Bruder Fritz habe ich zu dieser Zeit schon lange nur noch selten spielen können. Er hatte so sehr andere Interessen, dass ich dabei nicht mithalten konnte. Stillsitzen und Lesen war ohnehin nicht mein Ding. Ich bastelte lieber mit elektrischen Klingeln, Batterien, Märklin-Metallbaukästen und Elektromotoren und tobte draußen herum.

Am Diek fand ich aber viele Freunde in meinem Alter und jüngere und ältere, mit denen ich in großen Horden herumziehen konnte. Unser Aktionsradius war schon bald recht groß. Im Laufe der Jahre besaß ich von meinem Vater Messtischblätter. Es waren genaue Landschafts-Detailkarten im Maßstab 1 : 25 000 von den Gegenden, die wir auskundschaften wollten.

Fritz und Reinhard am Herbringhauser Bach

Spiele auf der Straße und zu Hause

In der unmittelbaren Umgebung unserer Wohnungen spielten wir viel zusammen. Eines unserer Lieblingsspiele war das Heuernspiel. Das ging am besten auf den unbefestigten Bürgersteigen und kleinen Verbindungswegen zwischen den Häusern. Mit dem Absatz der Schuhe machten wir eine Kuhle, in die dann nach bestimmten Regeln die Heuern »geschibbelt« werden mussten. Es gab Heuern mit unterschiedlichen Punktwerten, jeweils nach ihrem Material und ihrer Gestaltung und Größe. Da gab es die ganz billigen, nicht geachteten Päppkes, bunte Kügelchen aus Gips. Da waren die Achäterkes, nachgemachte Achatkugeln aus »Beton«, die unterschiedlich wertvollen Glasheuern, bunt oder mit eingegossenen Figürchen, und die Eisenheuern, unterschiedlich große, blank polierte Kugeln aus Kugellagern, die die Väter aus den Fabriken und Werkstätten für ihre Kinder mit nach Hause brachten. Die Spielregeln glichen etwa dem Boulespiel oder auch einem Billardspiel ohne Stäbe.

Wenn wir mehr Zeit zur Verfügung hatten, zogen wir hinaus auf den

Beuler Berg, der oberhalb einer Ziegelei war. Die Ziegelei baute den Berg nach und nach ab, sodass immer mehr vom Berg nachrutschte. Oben auf dem Berg entstand dann in der Wiese ein Labyrinth aus parallelen Rissen in der Erde. Diese Risse waren so tief, dass wir Jungen darin stehen konnten, ohne dass uns jemand gesehen hätte. Wir bauten darüber mit Brettern und Kisten ein Dach und bepackten das dann mit Grassoden, so dass wir ganz verborgen waren.

Manchmal kam ein Mann von der Ziegelei mit einem Knüppel und wollte uns vertreiben, mit Recht, denn wir ahnten ja nichts von den Gefahren, die bei Sprengungen am Berg für uns entstehen konnten. An unsere verborgenen Gräben musste ich viel denken, als ich im Krieg als Soldat im Schützengraben war.

Sehr viel und gerne spielte ich mit meinen Freunden auf dem Schulhof. Dort hatten wir einen »Sandkasten«, die Sprunggrube für den Sportunterricht, vier Birnbäume, darunter einen schiefen Baum, auf dem wir herrlich klettern konnten und auf dem wir Baumbuden zusammenzimmerten. Gerne spielten mit uns zwei Sorgenkinder: der kräftige, aber schwerfällige Helmut Jesinghaus, der durch eine frühe Krankheit sehr schwerfällig im Denken war, und der Sohn des Schul-Hausmeisters, der kleine Karlheinz Ritz, ein »Mongölchen« der späten Eltern. Karlheinz spielte in seiner Art bei uns mit, störte aber nie. Eines Tages wurde er »zur Erholung« abgeholt; er kam nie wieder: »lebensunwertes Leben« hieß es bei den Nazis.

Meine besten Freunde waren Erni (Ernst) Schmidt und Walter Senn. Walters Vater klebte Plakate auf die großen Plakatflächen, dazu musste er die Leiter, die Plakate und den großen Klebstoffeimer zu Fuß schleppen, ein mühsames Geschäft. Er bastelte einmal mit seinen Söhnen Walter und Willi einen Windvogel, den er mit Pellkartoffeln klebte, eine damals übliche Methode, denn Leim war teuer, auch für ihn. Walter ging – auch um die Familienkasse zu entlasten – nach der Volksschule zur Unteroffiziers-Vorschule, wurde mit 17 Unteroffizier und fiel bei seinem ersten Fronteinsatz.

Der schräge Apfelbaum, auf dem wir herrlich klettern konnten

Die Familie Senn wohnte in den Dachräumen des alten bergischen Häuschens Am Diek 21, das nach dem Krieg durch einen Neubau ersetzt worden ist. Erni wohnte im ersten Stock mit Mutter und Schwester Christa in drei Räumen. Ernis Mutter nähte gegenüber in der Firma Saatweber & Sieper. Erni war stolz auf seine Mutter, die jeden Faden direkt in jede Nadel einfädeln konnte.

Wir spielten auch gerne mit meinem Klassenkameraden Gottfried Rüger im Fabrikgelände der Firma Rüger an der Weiherstraße, die Gardinen und Vorhänge auf großen Webstühlen herstellte. Wir durften überzählige Musterkarten mit Gardinenteilen mitnehmen, die uns natürlich zu vielen Basteleien angeregt haben. Eine Firma H. &. G. Rüger ist heute noch am gleichen Platz.

Hitlers »Führerwagen« aus Blech

Zu Hause spielte ich besonders gerne mit Erni mit meinen Elastolin-Soldaten, die ich von meiner Patentante Lili bekommen hatte, zum Leidwesen meiner Eltern, die Kriegsspielzeug und Nazi-Größen nicht leiden konnten. Ich bekam von Tante Lili einen Panzerwagen aus Blech mit Aufdrehmotor und funkensprühender Kanone.

Auch Nazigrößen wie Hitler, Göring, Goebbels und auch Röhm hatte ich schon in meiner Elastolin-Sammlung. Bei allen konnte man den rechten Arm zum Gruß hochdrehen. Dazu gehörten Trommler, Fahnenträger und Marschierer. Für Hitler war dessen sagenhafter offener schwarzer Mercedes, der »Führerwagen«, aus Blech dabei mit Gummirädern und am Steuer lenkbar, der Stolz jedes echten Jungen – damals. Dieses Spielzeug stellte die Firma Hauser in Ludwigsburg her, eine entfernte Verwandtschaft zur Familie Brand. Fritz hatte Elastolin-Ritter mit einer Burg.

In der damaligen Zeit war es üblich, dass sich Jungen aus einem Viertel mit denen aus einem anderen Viertel regelrechte Straßenschlachten lieferten, so »die Dieker« mit denen aus der Schwarzbach-Gegend. Ich war damals auch leidenschaftlicher Rollerfahrer und hatte bald nicht mehr den allgemein üblichen hölzernen Steiff-Roller, sondern einen aus Metall, blau lackiert, mit Fußbremse hinten und größeren Rädern als bei den Holzrollern. Mein Traum, ein belgischer Roller mit dicken Ballonreifen, wie ihn mein Klassenkamerad Gerlach Krah, ein Fabrikantensohn, schon bald bekam, blieb unerfüllt.

Auf dem Traumrad unterwegs

Mein eigentlicher Traum aber war ein eigenes Fahrrad. Meine Eltern waren aber nicht entzückt von dem Gedanken, dass wir Jungen in unserer bergigen Gegend mit dem Fahrrad fahren würden. Als mein

Vater dann jedoch eines Tages erfuhr, dass es WKC-Räder aus seiner Heimatstadt Solingen geben würde mit Sachs-Dreigangschaltung, meinte er, jetzt habe er kein berechtigtes Argument mehr gegen uns. So zog er mit uns Jungs in die Stadt an die Höhne zu einem Fahrradhändler und bestellte zwei Räder mit Gangschaltung.

Ich habe dann mit Freunden auf dem Schulhof herrlich herumfahren können, Absetzen spielen, wobei man den »Gegner« auf seinem Fahrrad so bedrängte, dass er mit den Füßen die Erde berühren musste. Das gab dann einen Punkt. Wir spielten auch auf dem Fahrrad sitzend mit langen hölzernen Krokett-Hämmern und Holzkugeln Polo. Es war damals aber keine Selbstverständlichkeit, dass Jungen – erst recht nicht Mädchen! – Fahrräder bekamen.

Der alte Haferkasten am Ossendiek auf Herzkamp

Weil Fritz seiner Natur nach lieber zeichnete und las, durfte mein Freund »Erni« (später Pastor in Duisburg) sein Fahrrad fast immer benutzen, um mit mir Touren zu machen. Dabei erzählte ich ihm viel von meinen Ferienerlebnissen. Die Absicht meiner Eltern, Erni mitzunehmen bei einer unserer nächsten Reisen – gedacht war an Sylt –, ließ sich nicht verwirklichen.

Unser Aktionsradius ging bis nach Herzkamp zum Großen Siepen, einem uralten Bauernhof. Dort war ein Teich, er heißt seit eh und je auch heute noch Ossendiek (Ochsenteich), in dem wir Stichlinge, Libellenlarven, Rückenschwimmer und vieles andere Getier fingen, um es mit nach Hause ins Aquarium zu nehmen. Wir fuhren auch über Oberbarmen zur Wupper an die Öhde oberhalb der Firma Bemberg, wo wir ebenso Stichlinge und Wassertiere fangen konnten.

Bald fuhren wir mit den Rädern aber noch weiter: bis Sprockhövel und sogar bis nach Blankenstein an der Ruhr. Oft saßen meine Freunde und ich unter dem Vordach in einer Ecke des Schulhofes bei strömendem Regen auf der Steintreppe, und wir erzählten uns Geschichten von Robinson Crusoe, träumten von fernen Ländern, von denen wir ja nur in Büchern etwas lesen oder sehen konnten – Film und Fernsehen gab's damals für uns noch nicht –, oder wir sangen unsere Lieder.

Tägliches Einkaufen

Bei der täglichen Arbeit im Haushalt und im Garten am Haus wurden wir Jungs natürlich auch eingespannt. Meine Mutter konnte schließlich nicht zum Bäcker, zum Metzger, zum Kolonialwarenhändler, zum Gemüsehändler, zur Wäscherei und Heißmangel und wer weiß sonst noch, wohin laufen. Das schaffte sie bei ihrer Behinderung nur unter großen Anstrengungen, wenn auch die Läden – für heutige Verhältnisse – noch zumutbar entfernt waren.

Der Milchbauer kam ohnehin mit seinem Pferdekarren schon um sieben Uhr morgens von Haßlinghausen in unsere Straße und sogar zu uns ins Haus und schenkte nach Bedarf aus seiner Kanne in unseren Behälter ein und klatschte den Quark in unsere Schüssel und legte die Eier dazu.

Das Einkaufen in den Läden war damals höchst unerfreulich für uns. Wir konnten nichts wie heute schön verpackt aus den Regalen nehmen und an der automatischen Kasse schnell bezahlen. Jedes Teil war vielmehr vom Kaufmann, seiner Frau oder seinen erwachsenen Kindern in der entsprechenden Menge zu erbitten. Wir ließen es abwiegen, einpacken oder in unsere Behältnisse einfüllen und aufschreiben. Dann, nach langem Kopfrechnen, hatten wir es zu bezahlen und in großen Taschen oder Körben nach Hause zu schleppen.

Bei Einkäufen zu besonderen Tagen konnte das zwei bis drei Stunden allein bei einem Händler dauern, zumal wir Kinder allzu oft von Erwachsenen oder den Kaufleuten selbst zurückgedrängt wurden: »Ihr Kinder habt ja Zeit.« Da wir keinen Kühlschrank hatten, elektrische Kühlschränke gab es ohnehin nicht für den Haushalt, mussten wir so verderbliche Lebensmittel mehrmals in der Woche in kleinen Mengen einkaufen.

Manche hielten sich etwas länger im Keller, wo wir im Sommer nach jeder Mahlzeit Butter, Milch, Quark und anderes in einen »Fliegenschrank« – eine seitlich aufgestellte Kiste mit einer Fliegendrahttür – bringen mussten. Auch in Schreibwarenläden und praktisch in allen anderen Läden gab es keine Selbstbedienung, wie sie heute selbstverständlich ist. Man musste eben warten, bis man drankam.

In der Oberrealschule

Mit zehn Jahren, 1937, war ich in die Carl-Duisberg-Oberrealschule aufgenommen worden, das heutige Carl-Duisberg-Gymnasium (CDG). Es lag damals noch in der Diesterwegstraße auf Wupperfeld neben der Immanuelskirche. Ich hatte Glück, dass mein Klassenlehrer aus der Volksschule bei der Aufnahmeprüfung in der Kommission saß, sonst wäre ich nicht aufgenommen worden, weil ich zu viele Rechtschreibfehler gemacht hatte: fünfmal »Bär« mit h geschrieben. Herr Menke hat das aber zurechtgerückt.

Den Weg zur Schule gingen wir natürlich zu Fuß. Die Straßenbahn wäre zu teuer und auch durch Umsteigen unnütz zeitraubend gewesen. Die Luft auf den Straßen war damals weniger durch Autos verdreckt, mehr aber durch Kohle- und Brikettfeuerung in den meisten Wohnungen.

**Konfirmation am 3. 3. 1940 in der Kirche am
Wichlinghauser Markt mit Pastor Krampen**

Später, etwa 1941, wechselten Fritz und ich wegen einer Auseinandersetzung meines Vaters mit dem Direx der Carl-Duisberg-Schule zur Ernst-Moritz-Arndt-Schule an der Siegesstraße. Dorthin fuhren wir mit der Straßenbahn Linie 2 bis zur Adlerbrücke.

Jungvolk

Gleichzeitig, also Ostern 1937, wurde ich auch in das Jungvolk aufgenommen, die Vorstufe der Naziorganisation Hitlerjugend (HJ) für die Zehn- bis Vierzehnjährigen. Fritz war schon früher aufgenommen worden. Ich beneidete ihn sehr.

Reinhard beneidet Fritz wegen seiner »Pimpfenuniform«.

Reinhard in der Uniform des Jungvolks

Ich weiß, dass meine Eltern sehr traurig waren über den Jungvolk-dienst, hatten sie ja dadurch weit weniger Zeit mit uns zusammen, vor allem entschieden weniger Einfluss auf unsere Entwicklung, die ja gar nicht dem Erziehungsideal der HJ entsprach, aber sie konnten nichts dagegen unternehmen, denn es gab eine HJ-Pflicht, so wie es schon lange eine Schulpflicht gab und heute noch gibt. Das Erziehungsbild meiner Eltern entsprach der Freimaurer-Arie »In diesen heil'gen Hallen kennt man die Rache nicht« aus Mozarts Oper »Die Zauberflöte«. Hitlers Erziehungsziel hieß dagegen »Zäh wie Leder, hart wie Kruppstahl und flink wie die Windhunde«.

Ich selbst war aber sehr stolz, dass ich nun auch eine Uniform tragen und mit anderen zusammen Geländespiele (so hießen unsere Kriegsspiele) und auch Heimabende miterleben konnte, in denen wir in unserem Jungvolk-Heim in einem baufälligen kleinen bergischen Haus im Hinterhof beim Wichlinghauser Markt schöne und auch markige Lieder sangen und Geschichten, meist kriegerische Sagen, vorgelesen bekamen.

Zeltlager der HJ an der Bever-Talsperre

Zeltlager und andere Abenteuer

Ganz aufregend war für mich die Fahrt zur Lingese-Talsperre ins Zelt-lager. Unser Jungstammführer Hermann Heller sagte uns zu Beginn: »Haltet bei euren Sachen Ordnung. Wenn ihr Unordnung habt, be-kommt ihr bald Heimweh.« Das hat sich mir eingeprägt, und es hat mir viel geholfen.

Und schon bald wurde ich Jungenschaftsführer und fühlte mich so-mit ganz unbewusst als Teil der Auserwählten. Dabei wurde praktisch jeder Oberschüler mit einem Amt bedacht, das war System! Unsere Führer, maximal etwa 17 Jahre alt, waren nach meinem Empfinden und auch aus heutigem Abstand gesehen durchweg prima Kerle, meist waren sie in der Höheren Schule und stammten aus angesehener Wich-linghauser Familie, oft sogar in Wichlinghauser Tradition evangelisch kirchlich geprägt und früher im Christlichen Verein Junger Män-ner (CVJM), mit guten Umgangsformen und guter Haltung, nach-strebenswert!

Für mich war der Pimpfendienst genau das Richtige. Denn ich war gerne mit Freunden zusammen und tobte mit ihnen draußen herum. Natürlich sangen wir auch typische Nazilieder, die wir Jungen aber gar nicht verstanden und auch nicht in Frage stellten. Wenn ich heute daran denke, was wir da für ein dummes Zeug laut in die Gegend ge-plärrt haben, von unseren Trommeln begleitet und in Reih und Glied marschierend, eine Fahne voran. »Ja die Fahne ist mehr als der Tod!« Oder »Es zittern die morschen Knochen der Welt vor dem großen Krieg, wir haben den Schrecken gebrochen, für uns war's ein großer Sieg. Wir werden weitermarschieren, wenn alles in Scherben fällt, denn heute gehört uns Deutschland und morgen die ganze Welt.«

Erst viel später den Vater verstanden

Erzählte ich dann zu Hause begeistert von unseren herrlichen Unternehmungen, Geländespielen, Heimabenden, wurde es meinem Vater ganz schlimm. Später erst verstand ich, warum, und viel später verstand ich erst, warum er fast nie etwas dazu gesagt hat. Einmal aber, es war schon während der Kriegszeit, also nach 1939, ich war etwa 12, 13 Jahre alt, platzte meinem Vater der Kragen. Im Radio sprach Hitler. Mein Vater sagte ganz aufgeregt, er wolle den Kasten, das Radio, an die Wand schmeißen. Ich sagte dagegen: »Da spricht mein Führer.« Da rastete Vater ganz aus und fiel über mich her. Ich schrie zurück: »Fass mich nicht an, ich habe Uniform an!« (Das war ein Sakrileg!) Da schrak er zurück und verließ das Zimmer.

Ich glaube, das war das schrecklichste Erlebnis meines Vaters mit einem seiner Kinder. So richtig habe ich ihn erst verstanden, als ich am 21. Juni 1945, gerade 18 Jahre alt, aus der Kriegsgefangenschaft nach Hause kam. Damals erzählte ich meinen Eltern von einem meiner Kameraden bei der Marine, der nach der Vereidigung auf den Führer im kleinen Kreis sagte, Deutschland müsse den Krieg verlieren, sonst würde Österreich nicht mehr frei. Dieser Junge war damals wie ich 17 Jahre, er hieß Huber, war gebürtiger Österreicher und wurde von einem Kriegsgericht wegen Zersetzung der Wehrkraft auf der Insel Dänholm vor Stralsund, wo unsere Kaserne war, zum Tode verurteilt. Als ich das meinen Eltern erzählte, sagte mein Vater: »Jetzt weißt du, Junge, warum ich euch nie gesagt habe, wie ich über alles denke, ihr hättet wie dein Kamerad auch nicht die Klappe halten können.«

Damals sagte er auch, dass die persönlichen Briefe, die wir von zu Hause manchmal irgendwem bringen sollten, Predigttexte und andere Informationen des Bischofs Graf von Galen waren, des „Löwen von Münster". Er war einer der wenigen Nazi-Gegner, die es aufgrund ihrer Herkunft und ihrer gesellschaftlichen Bedeutung wagen konnten, öffentlich gegen die Nazis aufzutreten.

An die Judenpogrome 1938 habe ich nur ganz wenige Erinnerungen, wohl aber daran, dass die alte Synagoge in der Straße Zur Scheuren total zerstört und der Rabbiner, ein im Ersten Weltkrieg wegen seiner Tapferkeit dekorierter Soldat, aus dem Haus geprügelt und abtransportiert worden ist, was mein Vater zu berichten wusste. Manche Geschäfte wurden demoliert und Kaufhäuser gingen in Besitz von sogenannten »Ariern« (Nichtjuden) über. Das Warenhaus Tietz hieß auf einmal nur noch »Kaufhof«. Hier mischen sich aber bei mir Erlebtes und nach dem Krieg Erfahrenes. Mein Bruder Fritz erinnerte sich da noch genauer, auch an verschwundene Klassenkameraden.

Den Ausbruch des Krieges erlebte ich zusammen mit meinen Eltern und Fritz. Wir waren in den Sommerferien 1939 in Süddeutschland. Schon 1938 hatten unsere Eltern Angst vor Hitlers Krieg. Wir fuhren damals in den großen Ferien nur bis ins Oberbergische in das winzige Dorf Geringhausen bei Nümbrecht, wo ich so recht als Kind wieder das Landleben genoss.

Abschied aus Geringhausen

Abschiedsbesuch in Schrozberg

1939 aber wollten die Eltern doch noch einmal zu Mutters Schwestern
nach Süddeutschland, nach Stuttgart, Schrozberg – wo wir früher
schon mehrmals bei Kühners Urlaub gemacht und u. a. Rothenburg ob
der Tauber besucht hatten –, Ellwangen und Oberndorf am Neckar.
In Schrozberg durften Fritz und ich früher oft mit Onkel Karl zu den
Krankenbesuchen in den Nachbardörfern mitfahren in seinem herrlichen großen offenen BMW, und wir »halfen« Onkel Karls Chauffeur
beim Autowaschen und Holzhacken.

Familien Kühner und Meis in Schrozberg

Reinhard und Fritz mit dem Chauffeur

Der Chauffeur

Wir Jungen erlebten dabei die damaligen Verhältnisse auf den Dör-
fern, wo ein notwendiger Krankenbesuch in der Arztpraxis oft eine
Tagesreise mit dem von Kuh oder Pferd gezogenen Leiterwagen be-
deutete, dem einzigen Gefährt der Bauern, bei Wind und Wetter, und
wo Onkel Karl häufig in Naturalien bezahlt wurde, weil die Bauern
kein Bargeld hatten.

Mit Meerschweinchen

Die Reise 1939 war nicht als schöne Erholungszeit geplant, sondern
eindeutig als ein ganz bewusst geplanter Abschiedsbesuch, wie ich
später begriff. Ein Foto von dieser Reise zeigt für uns zum letzten Mal
das wunderschöne Stuttgart. Fritz und ich stehen auf einem Markt-
platz, beide in hellen Trachtenjacken mit Regenmänteln über den Arm
gelegt, neben einem Straßenbahnschaffner, dem es Freude gemacht
hatte, uns mit unseren Eltern durch die Stadt zu führen.

Markt in Stuttgart 1939. Vorne links im Bild steht unsere Mutter.

Im Krieg

Kurz danach wurde plötzlich wahr, was Vater schon lange befürchtet hatte. Im Radio wurde immer mehr über angebliche Gräueltaten gegen die Deutschen in Polen berichtet, dort würden deutsche Menschen unterdrückt. Diese Nachrichten wurden hektischer und lauter. Bald darauf kündigte sich die Mobilmachung an.

Meine Eltern packten alle Sachen zusammen und wir gingen zum Bahnhof in Stuttgart. Dann kam die Mobilmachung. Auf dem Bahnsteig war großes Gedränge und aufgeregtes Geschrei. Männer mit Handgepäck schrien, dass sie doch zu ihrer Einheit müssten, also in die Kaserne.

In der Eisenbahn gab es vor Gedränge für die meisten Reisenden keine Sitzplätze. Mein Vater saß auf einem Koffer im Durchgang zum nächsten Waggon und kaute immer wieder Kaffeebohnen, die ihn offenbar etwas von dem Schrecklichen ablenkten. Dabei wackelte er ständig mit dem Kopf hin und her, was immer er auch tat und sagte.

Unsere Mutter erklärte uns Jungen dann, das sei eine Nachwirkung von einem Nervenschock meines Vaters aus dem Ersten Weltkrieg. Damals war er in Frankreich am Kanonenberg in den Argonnen verschüttet worden und danach längere Zeit im Nervenlazarett, zuletzt in Roderbirken bei Leichlingen, behandelt worden. Erst als mein Vater gestorben war, stellte mein Schwiegervater Wardenbach anhand von Unterlagen fest, dass die beiden Väter damals zusammen im Lazarett gewesen waren.

1971 sind die Großeltern Wardenbach, meine Frau Marlis und ich nach Frankreich gefahren, wo Opa uns alle Stellen zeigen konnte, wo er und auch mein Vater im Ersten Weltkrieg gewesen waren. Es war für uns ein bedrückendes Erlebnis. Aber Opa Wardenbach war so froh, dass er das alles noch einmal sehen konnte. Er fand alles und kannte alles, auch den Kanonenberg, die Höhe 192 Meter bei Séchault zwischen Vouziers im Norden und Sainte-Menehould im Süden, wo sie vom 21. bis zum 27. September 1915 im Trommelfeuer gelegen hatten und unser Vater verschüttet worden war.

Walter Wardenbach (vorn links), darüber mit Buch Max Meis, der sich bei seinen Kameraden immer als Gärtner ausgegeben hatte

Der Zweite Weltkrieg beginnt

Zu Hause in Wuppertal hörten wir dann die Nachricht, dass der Krieg begonnen hat. Hitlers Rede vor dem Deutschen Reichstag wurde im Radio gesendet: »Seit 5 Uhr 45 wird zurückgeschossen.«

Das war am 1. September 1939 in Polen. Dann hörten wir nur Siegesmeldungen, jeden Tag mehr, bis nach wenigen Wochen Polen besiegt war. Was in dieser Zeit dort geschehen war, erfuhren wir nicht. Ganz Deutschland war im Siegestaumel. Erst nach dem Krieg lasen und hörten wir, dass die als Kriegsgrund berichteten Terrorakte gegen Deutsche in Polen von der SS inszeniert worden waren.

Mit Kriegsbeginn wurde angeordnet, alle Fenster für die Nacht total zuzuhängen, so dass feindliche Flieger uns nicht finden könnten. Auch die Laternen blieben nachts aus. Wir Jugendlichen fanden die Verdunklung natürlich ganz romantisch.

In der Schule änderte sich manches rasch. Unsere jungen Lehrer wurden eingezogen. Einige fielen schon in den ersten Monaten; so mein Klassenlehrer Karl-Hermann Krumm, der mit unserem Schulchor bei großen Schulfesten in der Barmer Stadthalle und in der »Villa Murmelbach« den Strauß-Walzer »An der schönen blauen Donau« aufgeführt hatte, wobei ich mit zwei Klassenkameraden ein Sopransolo singen durfte. Nach dem Krieg wurde Frau Krumm Lehrerin und war später Rektorin der Schule an der Thorner Straße bis zu ihrer Pensionierung.

Unsere Klassenräume wurden bei der Verlegung der Truppen von Polen in den Westen vorübergehend mit Soldaten belegt. So kam es, dass wir schichtweise Unterricht hatten. Luftschutzübungen gehörten zur Tagesordnung. Alle Schülerinnen und Schüler hatten zum Schutz vor Bomben geordnet und schnell in den Schulkeller zu gehen. Im Unterricht wurden Wehrmachtsberichte gelesen und an der Wandkarte veranschaulicht.

Siegesmeldungen und Soldatendrill im Jungvolk

Der Wehrmachtsbericht brachte ständig neue Siegesmeldungen. Immer wieder hieß es: »Im Westen keine besonderen Vorkommnisse.« Mein Vater formulierte das um in den Titel des Antikriegsbuches »Im Westen nichts Neues«. Den Sinn seiner Worte habe ich aber erst nach dem Krieg verstanden, als er mir das Buch in die Hände gab.

Mit dem Jungvolk machten wir weiterhin unsere Geländespiele. Sie waren immer stärker von Krieg und Soldatendrill bestimmt, je häufiger unsere früheren Führer als Soldaten auf Heimaturlaub uns verdeutlichten, was Sache war, wenn man ein tüchtiger Soldat sein und möglichst überleben wollte. Sonntags marschierten wir Führer vom Wichlinghauser Markt aus ins Tal bei Elfringhausen beim Auerhof oder in die Schellenbecker Heide, wo heute die große Wohnsiedlung Schellenbeck steht.

Meine Eltern waren bekümmert darüber, dass sie überhaupt nichts mehr von ihren Söhnen hatten, auch nicht am Sonntag. Auch in den Sonntagsgottesdienst konnten wir wegen des Jungvolkdienstes nicht gehen. Aber die Jugend sollte mehr und mehr der Kirche wie auch dem Elternhaus entfremdet werden. Hitler forderte ebenso: »Jugend soll durch Jugend geführt werden.« Von unseren Geländespielen kamen wir schmutzig zurück, so dass Mutter jedes Mal die gesamte Uniform in die Badewanne stecken musste. Eine Waschmaschine, wie wir sie heute haben, gab es damals noch nicht.

Spitzel hören mit oder: Wände haben Ohren

Ich sehe noch meine Mutter vor mir, wie sie sehr, sehr traurig war über diese Art Sonntag. Aber sie konnte ja nichts dagegen sagen. Das mag heute unverständlich erscheinen. Aber die Menschen lebten in ständiger Angst, es sei denn, sie hätten mit den Nazis sympathisiert oder als Spitzel dazugehört. Man sagte »Die Wände haben Ohren.« So manche der Freunde unserer Eltern haben das zu spüren bekommen, verschwanden in Konzentrationslagern und einige in Strafbataillonen der Wehrmacht, allgemein als Himmelfahrtskommando bezeichnet. Sie kamen nie wieder.

Die Frau eines KZ-Häftlings schlug sich damit durch, dass sie mit einem Köfferchen mit Nähutensilien bei ihren alten Freunden von Haus zu Haus zog, so auch regelmäßig zu uns. Sie bekam dann jedes Mal eine warme Mahlzeit und Kaffee, solange es den noch zu kaufen gab.

Hitlerjunge Reinhard Meis

Am 3. März 1940 feierten wir in Wichlinghausen Konfirmation, ein Jahr vorzeitig für mich, ein Jahr verspätet für Fritz. Denn unsere Eltern wollten so auch den süddeutschen Verwandten Gelegenheit geben, mit der Solinger Verwandtschaft zusammen dabei sein zu können. Es war ein schönes Familienfest für die Alten, langweilig für uns Jungs. Aber ich bekam von Onkel Reinhold, der in Oberndorf Personalchef der

Waffenfabrik Mauser war, ein Kleinkalibergewehr zu meinem Luftgewehr, das ich von ihm schon früher bekommen hatte.

Mit diesem Gewehr ging ich in den nächsten Jahren oft zu Fuß zum Reichsbahn-Schießstand an der Kohlenstraße in Langerfeld. Das KK-Gewehr entsprach in allen Details dem gängigen Infanteriegewehr, das ich als Soldat später haben sollte. Ich erwarb beim Schießen das silberne Scharfschützen-Abzeichen, so wie ich auch stolz war, zunächst das Jungvolk-Leistungsabzeichen zu bekommen, in Ellwangen dann auch noch das HJ-Leistungsabzeichen. Dazu musste man immer eine Menge unterschiedlicher sportlicher Leistungen erbringen, was mir aber Spaß machte und mir ja letztlich doch wegen meiner trainierten Ausdauer das Leben gerettet haben dürfte.

In der Schule hatten wir manchmal einen Wochenbericht über die Ereignisse zu schreiben und reihum vorzutragen. Unsere Lehrer waren sicher nicht alle nazitreu, durften es sich aber unter keinen Umständen anmerken lassen, saßen doch in jeder Klasse auch mögliche Zuträger für die Partei. Es genügte da oft schon ein Wort eines Schülers im Elternhaus. Von zwei Lehrern erfuhr ich nach dem Krieg, dass sie Opfer der Nazis wurden, ein dritter hat sich das Leben genommen.

An einen unserer Lehrer erinnere ich mich in dieser Hinsicht noch sehr genau, Studienrat Windrath. Er nahm mit uns im Deutschunterricht vor dem Fall von Stalingrad ein Theaterstück von Theodor Körner durch, das auch vom heldenhaften und völlig aussichtslosen Kampf einer Stadt gegen ihre Belagerer handelt. Man hätte ihm dabei nichts Nachteiliges anrechnen können und dennoch vermochte er es, uns Jungen zum Nachdenken zu bewegen. An einem Tag hängte ein Mitschüler ein SS-Plakat in der Klasse auf mit dem Text »Junge, komm zu uns in die Waffen-SS!«. Herr Windrath kam in die Klasse, sah das Plakat, stellte sich vor die Klasse und sagte scheinbar beiläufig: »Eine gute Sache braucht keine Reklame.«

Zwei meiner Schulkameraden sind mir noch aus besonderen Gründen im Gedächtnis: Wolfgang Flintrop und Günter Ibach. Meine Eltern sahen es gerne, dass ich mich mit ihnen angefreundet hatte. Ich wusste nichts Genaues dazu, spürte aber, dass es etwas Schlimmes sein musste. Bei Günther Ibach, der in der Teutonenstraße am Nordhang der Hardt wohnte, sollten wir immer ganz leise sein. Im Nebenzimmer wohne eine Verwandte, die sehr traurig sei, weil ihr Mann abgeholt worden war. Eine gedrückte Stimmung herrschte stets bei Flintrops. Die Eltern von Wolfgang Flintrop sprachen nicht über die Gründe. Wolfgang sagte mir aber, dass ein Angehöriger, der katholischer Geistlicher war, festgenommen worden sei.

Kaplan Johannes Flintrop (1904–1942)

66

Der Fahne keine Ehre erweisen und die Folgen

An ein Erlebnis, das ich als schrecklich empfand, erinnere ich mich auch noch deutlich. Es muss 1942 oder 1943 gewesen sein, jedenfalls vor dem Barmer Angriff am 30. Mai 1943. Unsere HJ-Führer befahlen uns einen Marsch durch die Stadt. Vor unserer Kolonne marschierten der Fahnenträger und daneben zwei Trommler mit den großen Landsknechts-Trommeln.

Es galt als ungeschriebenes Gesetz, dass jeder Passant, ob groß oder klein, auf der Straße die Fahne zu grüßen hatte und zwar durch Hochheben des rechten Armes zum Hitlergruß. Das wurde von den meisten Passanten auch mehr oder weniger teilnahmsvoll beachtet. Dann aber geschah, was mir schrecklich vorkam. Einzelne Männer erhoben am Straßenrand den Arm nicht zum Hitlergruß. Plötzlich rannten einige unserer Einheit auf diese zu und forderten sie auf, »der Fahne die Ehre zu erweisen«.

Sie schlugen die Männer ins Gesicht, wenn diese nicht sofort reagierten. Genau sehe ich noch in Barmen die Mittelstraße vor mir, den heutigen Werth, in der Höhe des Rathauses, wo eine solche Szene ablief. Ich wagte aber noch nicht einmal zu denken, dass das wirklich etwas Schreckliches war, denn es geschah auf Befehl unserer Führer – so stark hatte mich dieses System im Griff.

Von den Geländespielen und Heimabenden hatte ich schon erzählt. Jungvolk und HJ hatten noch eine andere Seite, die mit der Dauer des Krieges zunahm. Der militärische Drill wurde fast unmerklich intensiver, das Marschieren auf dem Sportplatz Mallack am Nordpark in Barmen, Gleichschritt, rechtsum, linksum, kehrt marsch-marsch, wenn's nicht klappte: hinlegen – auf – marsch – marsch.

Wer sich gegen Führerbefehl auflehnen wollte, musste »Spießruten laufen«, eine unmenschliche Strafe in früheren Soldatenzeiten bei den Preußenkönigen und anderen. Denn der zu Bestrafende musste durch eine Gasse zwischen zwei Reihen seiner Kameraden laufen und wurde von diesen mit den Koppeln (Ledergürteln) geprügelt, früher mit Spießen und Ruten malträtiert, oft bis zu Tode.

Dem »führertreuen Pimpf«, der ich war, erschien das durchaus eine sinnvolle Strafe für »Mucker und Schlappschwänze«. Wenn ich daran zurückdenke, kommt mir das Grausen. Ich wundere mich immer noch, wie rasch ich das alles nach dem Ende des Krieges abgestreift habe und ganz im Sinne meiner Eltern demokratisch dachte und lebte.

Zu Hause Am Diek saß ich abends oft am offenen Fenster und sah hinauf zu den Fabrikhallen an der Kreuzstraße. Dort waren »Ostarbeiterinnen« einquartiert, die vor allem aus Russland zur Arbeit in der Rüstungsindustrie hierher verschleppt worden waren. Sie sangen so wunderbar vielstimmig ihre melancholischen Lieder aus der Heimat.

Weil unseren Eltern der typische »Pimpfendienst«, wie ich ihn geschildert habe, gar nicht gefiel, waren sie wohl schnell bereit, Fritz und mir Fanfaren zu schenken. Denn wir wollten einen Fanfarenzug gründen. Unsere Führer fanden das toll und es wurden weitere Fanfaren angeschafft.

Bald fanden sich lernwillige Kameraden. Kurz danach stand unter Fritz' Leitung unser etwa zehnköpfiger Fanfarenzug mit ein paar Trommlern. Wir übten fleißig. Bald trugen wir auf diese Weise zum Gelingen mancher Feierstunde und öffentlicher Auftritte bei. Einmal standen wir in einer Reihe vorne oben auf dem Balkon des Barmer Rathauses – toll. Ich konnte nicht ahnen, dass ich als Stadtverordneter später, zwischen 1964 und 1969, an so manchem Tag in dem dahinter liegenden Sitzungssaal sitzen würde.

Als Fritz 1943 zum Reichsarbeitsdienst eingezogen werden sollte, gingen unsere Eltern mit uns Jungen zu Foto Flasche in Barmen, um ein vielleicht letztes Familienfoto machen zu lassen. Das Atelier Foto Flasche gegenüber dem Opernhaus wurde beim Angriff total zerstört, der Fotograf kam ums Leben.

In der zweiten Reihe allein Reinhard – ein traurig-ernstes Bild

Durch meine Eltern geschickt motiviert, meldeten Fritz und ich uns damals zum HJ-Musikzug Wuppertal, wo ich Großvater Brands Waldhorn blies. Dazu bekam ich in der Städtischen Jugendmusikschule an der Adlerbrücke von dem Konzertbläser des Opernhauses Unterricht. Nun hatten wir keinen normalen HJ-Dienst mehr, sondern nur noch die selteneren Orchesterstunden in Elberfeld. Sie fanden in einer alten Villa oben in der Deweerthstraße statt. An einem andern Tag in der Woche ging ich abends in eine Kneipe in der Stadt zum Schachclub Anderssen. Nur dort fand ich Partner für meine Schachspielleidenschaft.

Bombenangriff auf Barmen

Mit der Nacht vom 29. auf den 30. Mai 1943 änderte sich plötzlich so vieles. Am Nachmittag war ich mit meiner damaligen Freundin Ruth, einem »echten« Jungmädel, blond, zupackend, aufrecht und mit strammen Marschiererbeinen, bei meinem Vater im Garten an der Grenzstraße, Richtung Haßlinghausen. Dort baute später »Oma Mauch«, die Großmutter Meis, ihr kleines Häuschen und hatte oft Bärbel und Bine bei sich. Das Grundstück hatten die Eltern noch vor dem Krieg gekauft, um wenigstens einen Teil ihres Ersparten zu sichern und vielleicht dort auch noch zu bauen. Es lag noch innerhalb Wuppertals, denn damals galt für Beamte noch die Residenzpflicht, also die Pflicht, dort zu wohnen, wo der Lehrer tätig war. Ich hatte Vater etwas bringen sollen. Es war ein herrlicher Sonnentag.

In der Nacht heulten wieder einmal die Sirenen, wie so oft. Wir eilten mit dem Korb, der die wichtigsten Sachen enthielt, in unseren Keller. Mutter hatte wie jeden Abend eine Thermoskanne mit Tee und dazu Butterbrote fertig gemacht. Diesmal war es aber nicht so, dass wir nach einer Wartezeit wieder das Sirenensignal zur Entwarnung hören durften. Vielmehr hörten wir einen entsetzlichen Lärm der herannahenden etwa 500 feindlichen Bomber.

Bald darauf sahen unsere Luftschutzwarte, die draußen geblieben waren, die grell leuchtenden Lichterketten zur Markierung des Abwurfzieles über der Stadt, die sogenannten »Christbäume«. Unmittelbar danach dröhnten Luftminen und Phosphorbomben auf die Barmer Innenstadt nieder. Der Himmel färbte sich feuerrot. Flammen schlugen nach oben, Qualm zog über die Stadt. Wir selbst hörten und sahen nur dies, denn Wichlinghausen blieb von diesem Inferno weitgehend verschont. Die elektronische Flugzeugsteuerung der Engländer hatte sich geringfügig nach Süden verschoben.

Ich erinnere mich aber an einen Mann, der von Oberbarmen in unseren Keller gerannt kam und von der Stadt schreckliche Dinge berichtete. Wir konnten uns das alles nicht vorstellen, waren dann aber so übermüdet, dass ich – Fritz war damals beim Arbeitsdienst und darum nicht in Wuppertal – doch zu Bett ging, als der Lärm, nicht aber das Feuer nachgelassen hatte. Dass meine Eltern Ruhe zum Schlafen gefunden haben, glaub ich nicht. Früh am Morgen waren wir schon wieder auf. Nach dem Frühstück machte ich mich trotz dringender Ermahnungen meiner Eltern in HJ-Uniform auf den Weg in die Stadt. Als guter Hitlerjunge durfte ich nicht abseitsstehen, wenn Volksgenossen meine Hilfe brauchten.

Als ich an dem Haus vorbeikam, wo Ruth wohnte, rief mir ihre Mutter zu, sie mache sich Sorgen um ihre jüngste Schwester. Ihr Kind hatte Ruth oft so liebevoll im Kinderwagen ausgefahren. Mutter und Kind wohnten in der Helgoländer Straße, einer Parallelstraße zum Fischertal in Barmen. Ich war zunächst zuversichtlich, wurde aber immer besorgter, je näher ich dem Barmer Stadtkern kam. Total zerstörte Häuser, aus dem Schutt stiegen giftige Wolken auf, die Straßen waren durch Trümmer versperrt und ich musste über Mauerreste klettern. Mitten auf der Gewerbeschulstraße sah ich meine erste Kriegsleiche, total verkohlt und zur Größe eines Kindes geschrumpft, nicht mehr identifizierbar.

Bald war ich im Fischertal. Überall das gleiche schreckliche Bild. Umherirrende verwirrte Menschen, die nach Angehörigen suchten und etwas von ihrem Hab und Gut unter Trümmern hervorholen wollten oder auch mit Kreide Nachrichten an die Trümmerwände schrieben: »Wir leben, sind bei ...« Es war fürchterlich. Ich selbst fühlte mich tapfer, war das doch unser Krieg gegen den Feind, bei dem wir auch Not ertragen mussten.

Ich bog in die Helgoländer Straße ein, hoffnungslos, dass dort noch etwas Lebendiges zu finden sein würde. Ich kam bis in den von der Glut noch heißen Keller. Außer einigen zusammengeschmolzenen Glasklumpen, wahrscheinlich gestern noch Einmachgläser, fand ich nur Berge von warmem Schutt und heißer Asche. An Menschenleben war nicht mehr zu denken. Wenn die Hausbewohner nicht rechtzeitig aus dem Keller den Berg hinauf fliehen hatten können, würden sie nie wieder zu sehen sein. Sie kamen nie wieder.

Die zerstörte Christuskirche am Unterdörnen in Unterbarmen

Die Allee am Opernhaus im Herbst 1943

Nach Ellwangen, um dem Flakhelferdienst zu entkommen

Unmittelbar nach dem Barmer Angriff holte unser Vater zwei Mitarbeiterinnen der Stadtverwaltung zu uns in die Wohnung. Sie hatten alles verloren und lebten nun in unserem vier mal acht Meter großen Wohnzimmer mit einem Elektrokocher von uns und Mitbenutzung von Küche und Badezimmer. Sie waren froh, davongekommen zu sein und wieder eine Wohnung zu haben.

Es war aber dennoch für sie und auch für meine Eltern nicht leicht, nicht mehr Herr in der eigenen Wohnung zu sein. Unseren Eltern fiel auf, dass eine der Damen jede freie Minute nutzte, unseren wertvollen alten Teppich zu schrubben, bestimmt eine psychische Auswirkung des Erlebten. Gegen Ende des Krieges und auch noch die ersten Jahre danach hatten wir eine Familie mit vier Kindern zur Einquartierung bei uns. Das ging ziemlich glatt. Nur bei der Benutzung von Toilette und Bad gab's manchmal Reibereien.

Der Schulbetrieb wurde nach dem Angriff in der fast unbeschädigten Schule an der Siegesstraße bald wieder aufgenommen. Vier Wochen nach Barmen wurde Elberfeld in Schutt und Asche gelegt. Damals wurde auch das Elternhaus Wardenbach in der heutigen Schlossstraße in Unterbarmen getroffen.

Das zerstörte Elternhaus von Marlis in Unterbarmen

Nach dem Elberfelder Angriff wurde bekannt, dass wir 16-Jährigen zum HJ-Einsatz als Luftwaffenhelfer (Flakhelfer) an den Flakgeschützen in der Nähe der Städte eingesetzt werden sollten. Flak war die Abkürzung für Flieger-Abwehr-Kanone. Um aber zu verhindern, dass ich hier im Gebiet um Wuppertal oder im Ruhrgebiet verheizt würde, schickten mich die Eltern zu Mutters Schwester Lili und ihrem Mann Fritz nach Ellwangen/Jagst.

Nach kurzem Aufenthalt in dem Dorf Schrozberg, wo Mutters Schwester Trude und der Landarzt Dr. Karl Kühner ihre Wohnung und die Praxis in einem alten Wasserschloss hatten, zog ich zum Schulbeginn nach den großen Ferien zu den Sauters um. In Schrozberg waren die wenigen Ferientage für mich recht ereignisreich, fand ich doch zahlreiche Dorfjungen dort als Freunde, für die ich wohl wie ein Bote aus einer fernen Welt erschienen sein mochte. Sie waren ganz versessen darauf, dass ich ihnen von all dem, was ich zu Hause erlebt hatte, genauestens erzählte, und ich sollte ihnen auch als ihr neuer Führer zeigen, wie es in der Hitlerjugend richtig zugehen muss mit Geländespielen und so.

Onkel Karl Kühner war als Vertragsarzt der Hitlerjugend verpflichtet worden. Die HJ-Uniform hat er gewiss nur einmal getragen.

Einer meiner Freunde veranstaltete in einer Nacht eine richtige Fete, denn seine Eltern waren verreist. Ich musste mich dazu spätabends ohne Wissen meiner lieben Gastgeber aus dem Hause schleichen. Meine Freunde saßen schon beisammen, hatten unter einem umgestülpten Eimer ein paar lebende Tauben bereit gehalten und fingen nun an mit dem Schlachten, Rupfen und Spießbraten. Dazu gab's Alkohol, den ich bislang nicht kennen gelernt hatte, und alles Mögliche aus dem Dorfladen der Eltern des »Gastgebers«.

Das Schrozberger Schloss

Als ich im Morgengrauen bei meiner Rückkehr die Haustür im Schloss öffnen wollte, war wider Erwarten der Riegel von innen vorgeschoben, Onkel Karl hatte, wie ich später erfuhr, in der Nacht noch einen Krankenbesuch machen müssen und die Tür bei seiner Rückkehr verriegelt. So holte ich einen meiner Freunde, der mir auf ein Vordach verhalf. Von dort erreichte ich ein Fenster mit Butzenscheiben. Die Bleifassung der Butzenscheiben ließ sich leicht und geräuschlos mit dem Taschenmesser aufbiegen. Ich konnte die runde Scheibe herausnehmen und mit dem Arm hindurchgreifend den Fensterriegel öffnen.

Es kam nichts raus und es gab keinen Ärger bei Onkel und Tante, die doch sehr auf ihr Ansehen in der Umgebung bedacht waren. Anders verlief mein nächtlicher Ausflug in die Schlafräume der Landjahr-

Mädchen im Schloss. Der Weg führte mich über einen uralten, total verstaubten und mit Spinnenweben verhangenen Dachboden, in dem ich nur die dort wohnenden Fledermäuse aufgescheucht habe. Von da aus führte ein Oberlichtfenster direkt in das weiträumige Treppenhaus des Schlosses, an dem die Schlafräume der lieben 15-Jährigen lagen.

Wer Böses denkt, irrt sich. Denn als gut erzogener Junge der damaligen Zeit hatte ich weder mit meiner langjährigen Kinderfreundin Ruth noch ansonsten Dinge getan, die man eben nicht tut. Was die schwäbischen Mädchen von mir wollten, war das Gleiche, was die Dorfjungen wollten. Sie wollten von mir erfahren, wie es bei uns gewesen war mit den Angriffen und der Schule und, und, und.

Anders dachten die Landjahr-Führerinnen, die Wind von meinem Besuch bekommen hatten, als erwachsene Frauen Böses witterten und sich schnurstracks bei Onkel und Tante über mich beschwerten. Hausarrest, Gartenarbeit und Autowaschen waren für mich die Konsequenz; gut, dass ich schon wenige Tage später nach Ellwangen in den Zug steigen konnte.

Ellwangen mit Schloss und Wallfahrtskirche auf dem Schöneberg

Tante Lili und Onkel Fritz hatten einen Sohn, Helmut, einen in jeder Hinsicht tadellosen, aufrichtigen und liebenswerten Jungen. Er war ein Jahr älter als ich und wurde gerade in diesen Tagen zum Kriegsdienst als Infanterie-Offiziersbewerber eingezogen. Er erlaubte mir, seine knielange Lederhose zu tragen, die ich aus Freude und völlig gedankenlos angezogen hatte, als wir ihn zum Bahnhof brachten. Tante Lili hat diese meine Taktlosigkeit ganz klar nicht entschuldigen können, sosehr ich sie um Entschuldigung bat.

In Ellwangen ging ich in das historische Pennal, ein Jungengymnasium im Klostergebäude, mit wenigen Ausnahmemädchen. Die Schule hat mich eigentlich wenig beschäftigt, Ellwangen war damals für mich zu neu und aufregend. Politisch war Ellwangen ein Zwitter. Einerseits war die Stadt fest gefügt in katholische Tradition mit Kloster und Wallfahrtskirche; andererseits hatte Ellwangen einen der größten Kasernenkomplexe mit vielen SS-Soldaten, Gegensätze, die damals schlimmer kaum sein konnten.

Bei den Pimpfen erlebte ich wieder das Gleiche wie in Schrozberg. Sie wollten von mir erfahren, wie es bei uns zu Hause gewesen war, und wünschten, dass ich ihr Führer sein sollte, der obendrein Trompete blies zum bestehenden kleinen Fanfarenzug. Tante Lili war gar nicht glücklich in dem Gefühl, dass ich ganz anders angenommen und auf den Schild gehoben wurde als ihr Helmerle.

Reinhard (links) 1939 in Ellwangen mit Onkel Fritz und Helmut

Als dann einer Tradition in Ellwangen entsprechend bei der Wahl des Jahrgangsältesten des Jahrgangs 1927 die Wahl einstimmig auf mich fiel, obwohl ich doch gar kein Ellwanger war, stimmte Tante Lilis Weltbild nicht mehr. War Helmut doch nie in Betracht gezogen worden, trotz all seiner Referenzen und seines Ansehens. Tante Lili hat mir leidgetan. Dass ich mich für die hübsche schwarzhaarige und dunkeläugige Apothekengehilfin von gegenüber, die allseits beliebte Martel Traub, genannt Traube Martel, interessierte und von ihr in das kirchliche Ellwangen Einblick bekam, machte sie wiederum glücklich.

**Blick aus meinem Zimmer in der
Joseph-Goebbels-Straße zum Schlossberg**

Meldung zur Marine

Meine Eltern bekamen allerdings Sorgen, dass ich von den schneidigen
SS-Männern für die Waffen-SS, die Eliteeinheit der Nazis für alle
(Drecks-)Fälle, angeworben werden könnte, und unterstützten meine
Liebe zu Schiffen und zur Seefahrt aus meiner Kinderspielzeit mit
den schönen Wiking-Kriegsschiffmodellen. Sie legten mir dringend
ans Herz, mich doch freiwillig als Offiziersbewerber für die Marine
zu bewerben. Das tat ich auch und fuhr dazu gleich am nächsten Tag
nach Schwäbisch Gmünd zum Kreis-Wehrersatzamt, um mich für die
Marine eintragen zu lassen.

Und das war auch gut so, denn bei einer Partei-Veranstaltung im
Festsaal in Ellwangen kamen nach meinem Trompetensolo SS-Männer auf mich zu, solche schneidigen Jungs wie mich brauche der Führer
in der Waffen-SS. Da konnte ich – Gott sei Dank – nicht mehr zusa-
gen, weil ich an meine Bewerbung zur Marine gebunden war, ich wäre

sonst darauf reingefallen. Die SS-Soldaten bekamen ihre Blutgruppe unter dem linken Oberarm eintätowiert; es hieß natürlich, dann könne man ihnen im Notfall schneller helfen. Der Grund war aber, dass sie dadurch gezwungen waren, treu zu dieser Fahne zu halten, weil sie bei Fahnenflucht vom Gegner als SS-zugehörig erkannt werden konnten, und SS-Leute wurden besonders gehasst.

Dennoch zur Flak

Anfang November 1943 war meine Schulzeit in Ellwangen schon nach knapp drei Monaten zu Ende. Mit meinen Ellwanger Schulkameraden musste ich in die Flak-Kaserne nach Friedrichshafen am Bodensee als Luftwaffenhelfer einrücken.

Oberwachtmeister Blechner

Der Luftwaffenhelfer

Dort in der Kaserne drillte uns der sympathische Oberwachtmeister
Blechner, ein erfahrener Soldat mit pädagogischem Geschick. Die Zeit
war ausgefüllt mit Dienst, aber bot auch Ausgang in die Stadt am
Bodensee. In der Kaserne traf ich zufällig einen alten Weggefährten:
Klaus Saatweber. Sein Vater war schon 1933 ein aktiver SA-Mann
gewesen, soweit ich mich an diese Zeit noch recht entsinnen kann.
Mit Klaus habe ich schon damals auf dem Hof des Mietshauses in der
Amselstraße oberhalb der Schwalbenstraße, in dem auch der »Kon-
sum« war, marschieren geübt.

Mit Klaus ging ich an einem Tag in die Stadt. Wir sahen einen
Waffen-SS-Mann. Klaus ging schnurstracks auf ihn zu und fragte

ihn: »Kamerad, sag uns ehrlich, stimmt das, was man uns erzählt, dass es Konzentrationslager gibt, in denen Menschen von SS-Männern gequält werden?« Der SS-Mann war verblüfft, antwortete dann aber bestimmt: »Kameraden, lasst diese Fragerei, es gibt Schlimmeres im Krieg«, wandte sich ab und ging weiter. Da brach für Klaus wie für mich eine Welt zusammen. Diese Antwort war eindeutig genug.

Als unsere Grundausbildung in der Kaserne beendet war, kamen einige von uns, so auch ich, zu einer 8,8-cm-Flakbatterie an den Rand der Dornier-Flugzeugwerke nordöstlich von Friedrichshafen bei dem Dorf Gerbertshaus. Dort lebten wir in Baracken. Es war eisig kalt. Nachts hatten wir oft Fliegeralarm ohne Bedeutung für uns. Tagsüber wurden wir an den Geschützen gedrillt, was wohl das Wichtigste beim Soldaten ist, dass er ohne Einschalten des Gehirns funktioniert. Durch einen Zufall lernte ich eine liebenswerte Luftwaffen-Helferin kennen, Anneliese Höflinger (18) aus Kempten im Allgäu, mit der ich einen kurzen freundschaftlichen Briefkontakt hatte, ein guter Geist aus einer für mich fernen Welt.

Scharlach

An einem Tag sollte ein Appell sein, bei dem von unseren Unteroffizieren bei uns alles auf Ordnung und Sauberkeit auf den Kopf gestellt werden würde. Das passte mir gar nicht. Ich meldete mich krank, rieb mein Fieberthermometer mit den Fingern warm und wurde wegen des starken Fiebers lazarettfähig geschrieben. Ich fuhr mit einem Bus zum Hilfslazarett im Hotel Zum Engel nach Langenargen, das mit dem Hotelpark direkt am Bodensee-Ufer lag.

Als ich mein Bett im großen Lazarettsaal zugewiesen bekam, wurde ein Soldat mit seinem Gepäck aus dem Saal geführt. Es hieß, er habe Scharlach. Das stimmte und wir, auch ich, wurden unter Quarantäne gestellt für mindestens vierzehn Tage. Schon nach etwa drei Tagen bekam ich grässliche Halsschmerzen. Der Hals wurde enger, ich wurde in ein Einzelzimmer verfrachtet und dort von einer jungen Schwester sehr liebevoll umsorgt. Am liebsten aber hatte ich meine Zimmer-Mitbewohner, die kamen zwischen den Heizungsrohren unter dem Parkettboden hervor und fraßen gierig mein nicht gegessenes Brot.

Diese Mäuschen trösteten mich über meine Einsamkeit in diesem Einzelzimmer hinweg, wo ich doch im Saal so schön mit Leidensgenossen hätte weiter Schach spielen können. Mein Scharlach wurde eindeutig diagnostiziert. Ich sollte nach Ravensburg in die Quarantäne-Station verlegt werden. Bei Schnee und Eisglätte wurde ich, in Wolldecken eingepackt, auf die offene Ladefläche eines Dreirad-Lieferwagens gelegt und zirka 20 Kilometer durch die Eiseskälte kutschiert.

Schon am ersten Tag in der Station unserer Ordensschwester Aphrutesia schwollen meine Augen an und wurden dunkelrot bis schwarz, durch den Zugwind auf dem Transporter. Ich war dankbar, als diese Anzeichen zurückgingen und ich bald sogar mit Kameraden Schach spielen konnte. Ein Kamerad hatte Diphterie. Er ist nach meiner Lazarett-Entlassung gestorben.

In einer Nacht gab es Fliegeralarm. Wir durften nicht mit den anderen Patienten in den Luftschutzkeller. So konnten wir von unseren Fenstern aus das Geschehen im Westen, Richtung Gerbertshaus beobachten. Unsere Batterie dort hatte bei dem feindlichen Bombenabwurf Verluste. Wer weiß, ob ich mit dem Leben davongekommen wäre. Ich dankte meinem Vater im Himmel, der mich schon wieder, wie so oft, vor Unheil bewahrt und mich diesmal auf so sonderbare Weise rechtzeitig von Gerbertshaus weggeführt hatte.

Überraschender Familienurlaub

Aus dem Reservelazarett in Ravensburg – es nannte sich damals »Gesellenheim« anstatt »Kolpinghaus«, wie es bei den Nazis nicht heißen durfte – wurde ich entlassen und bekam erst einmal vierzehn Tage Erholungsurlaub. Ich hätte den in Ellwangen oder auch in Wuppertal verbringen können.

Da aber Fritz zur gleichen Zeit wegen seiner überstandenen Rippenfellentzündung ins Marine-Kurlazarett in Garmisch-Partenkirchen kommandiert wurde, kamen unsere Eltern auf die Idee, dass ich mich um einen Platz in einem Soldaten-Erholungsheim ebenfalls in Partenkirchen bemühen sollte. Das gelang. Vater und Mutter suchten sich ein Zimmer ganz in der Nähe. Vater hatte in der Schule ja gerade Osterferien, und so waren wir einige Tage ganz eng beieinander, bei herrlichem Frühlingswetter mit viel Schnee und strahlender Sonne.

Wir gingen spazieren. Fritz und Vater erkundeten Mittenwald, während ich mit Mutter zusammen war.

Die Söhne in Garmisch-Partenkirchen mit Vater Max ...

... und mit der Mutter

Als unsere Eltern abreisten, war das ein schwerer Tag für alle. Fritz blieb, soviel ich weiß, noch länger, während ich kurz darauf wieder zum Flakdienst musste.

Übrigens trug ich in der Zeit dort, wie überhaupt ständig, die fliegerblaue Uniform mit der HJ-Armbinde. Die Erholungsunterkunft, in der ich wohnte, war ein von der Luftwaffe requiriertes Hotel an der Hauptstraße, total überbelegt, zu wenig Betten und »Schweinefraß« an langen Bierzelttischen, aber keine Alarme und kein Dienst-Stress.

Vater an der Aschenbrenner-Hütte bei Partenkirchen

Luftwaffenhelfer auf Erholungsurlaub

An der Flak in Pforzheim

Unsere Luftwaffenhelfer-Einheit aus Gerbertshaus war zwischenzeitlich nach Pforzheim verlegt worden. Die dortige Batterie hatte kleinere, in Russland erbeutete Geschütze und lag auf dem südlichen Berg der Stadt bei den Kasernen. Pforzheim erinnerte mich sehr an Wuppertal, weil die im Tal liegende Stadt von teilweise grünen Bergen im Norden und im Süden beschützt war. Die Stadt hatte ein ähnliches historisches Stadtbild wie Wuppertal. Sie erlebte, als wir nicht mehr dort waren, vernichtende Bombenangriffe ähnlich wie Wuppertal 1943. In Pforzheim kam sogar jeder dritte Einwohner ums Leben.

Wir Jungs konnten in unserer Freizeit in die Stadt oder auch in das schöne Strandbad im Nagoldtal gehen. Im Gegensatz zu Gerbertshaus hatten wir in Pforzheim in einem leerstehenden Lokal sogar »Schulunterricht«. Wir haben den ebenso weggesteckt wie unser Lehrer, ein im französischen Elsass geborener älterer Herr, der dazu dienstverpflichtet worden war. Im Übrigen war das für uns die richtige Zeit, nach den nächtlichen Alarmen auszuschlafen und Briefe zu schreiben.

Ich selbst hatte mir eine Tätigkeit in der Batterie gewählt, die mich ohnehin weitgehend freistellte von Unterricht, Geschützdienst, Wacheschieben. Ich bediente Tag und Nacht im Wechsel mit einem anderen Kameraden die Fernsprechvermittlung in einer kleinen gesonderten Baracke, in der wir zwei auch unsere Betten und Spinde für die Klamotten hatten. Bei Appellen wurden wir auch nicht kontrolliert.

Als Fernmelder musste ich unter Anleitung eines alterfahrenen Luftwaffengefreiten Telegrafenleitungen kontrollieren und neue ziehen. Dazu bekam ich sichelförmige Steigeisen an die Stiefel geschnallt und einen Ledergurt mit Sicherheitsseil um den Leib gebunden, um dann an den hölzernen Telegrafenmasten hochzuklettern; einfacher erklärt als gemacht. Mit einem Rundschwung um den Mast sollte ich die Steigeisen fest in das Holz schlagen, so dass ich dann mit dem nächsten Fuß etwas höher dasselbe machen konnte und so an die Spitze gelangen sollte, immer zurückgelehnt und mit dem Sicherheitsseil am Gurt gegen Abrutschen geschützt. Man lernt das zwar, aber mein Bauch war danach total wund geschrappt, war es doch so heiß in den herrlichen Sommertagen dort und ich hatte nur ein Unterhemd an, zu wenig Schutz beim Abrutschen.

Am 20. Juli 1944 war der Anschlag des Obersten Schenk Graf von Stauffenberg auf Hitler im ostpreußischen Führerhauptquartier Wolfsschanze bei Rastenburg fehlgeschlagen. Hitlers Macht war damit gefestigt. Seine Gegner wurden auf brutalste Weise verfolgt und hingerichtet. Als Zeichen absoluter Treue zum »Führer« wurde der alte Soldatengruß – gestreckte Hand an die Mütze legen – auf höchsten Befehl abgeschafft und auch für das Militär der Hitlergruß allgemein verpflichtend, der mit gestreckter Hand gerade nach vorne rechts erhobene Arm wie immer schon bei den Parteiorganen, der Hitlerjugend und der Waffen-SS.

Ich selbst war ebenso wie meine Kameraden empört, dass man unserem Führer und seinen Soldaten, aber genauso auch uns Luftwaffenhelfern und der Heimatfront so schmählich in den Rücken gefallen war. Was wussten wir schon über Hintergründe! Als wir nach dem Krieg Einzelheiten über den 20. Juli erfuhren, fragte ich mich, warum Stauffenberg, der doch der Einzige gewesen war, der Hitler in seiner Wolfsschanze bei einer Lagebesprechung so unmittelbar nahe kommen konnte, den Zeitpunkt der Explosion seiner Sprengstoff-Aktentasche dem Zeitzünder überlassen konnte, um selbst davonzukommen, statt den heldenhaften Tod für sein freies Deutschland hinzunehmen, wie er es als Offizier von seinen Soldaten stets erwartet hatte. Heute denke ich dabei an die muslimischen Selbstmord-Attentäter.

In Pforzheim erreichte mich die Einladung zur Aufnahmeprüfung in die Offiziersbewerber-Liste bei der Marine, und zwar nach Wien. So bin ich auch dorthin gekommen. Am interessantesten neben den großen repräsentativen Gebäuden aus früheren Zeiten war für uns

Jungs der Prater, bunt und lichterfroh, als gäbe es keinen Krieg. Vom berühmten Riesenrad konnte man weit ins Land sehen. Mehr noch interessierten uns die Geisterbahnen und die alten Stereoskopbilder in den Lichtbildschauen.

Einberufung zum Reichsarbeitsdienst

Als ich nach Pforzheim zurückkam, übergab mir unser Leutnant meinen Einberufungsbefehl zum Reichsarbeitsdienst (RAD), einer für alle gesunden Männer verpflichtenden Organisation auf die Dauer von damals sechs Monaten. Meine RAD-Einheit war stationiert am Ortsrand von Hinterstein im Allgäu. Das war ein idyllisches Dörfchen am Ende des Ostrachtals mit Blick auf den Großen Daumen.

Meine Kameraden dort kamen durchweg aus Gegenden südlich der Donau. Wir trugen rostbraune Uniformen, exerzierten mit dem blank geputzten Spaten statt mit einem Gewehr, übten auf dem Boden zu kriechen und brüllten die gleichen Lieder wie eh und je. Wir lernten Bäume zu fällen ohne Motorsägen und wir machten Gepäckmärsche auf die Berge hinter unserem Barackenlager. Das alles diente der Wehrertüchtigung.

Einmal erlebten wir dabei etwas Aufregendes. Während wir uns mit unserem schweren Marschgepäck den Serpentinenpfad nach oben schleppten, donnerte es von oben herab. Ehe wir es richtig begreifen konnten, schoss quer über unseren Zickzackweg ein Bergbauernjunge mit einem Hörnerschlitten und darauf einer großen Milchfrau von der Alm ins Tal hinunter, sich immer wieder mit den schweren Nagelstiefeln am Hang abstützend. Sekunden später war er nicht mehr zu hören oder gar zu sehen. Wie mühsam musste es für ihn sein, wieder zur Alm zurückzukehren. Wie gefährlich hätte es ausgehen können, wenn wir seinen Weg blockiert hätten.

Im Hintergrund auf der Wiese war der frühere Platz des Lagers.

Von Hinterstein aus konnten wir bei Ausgang (dienstfrei) bis nach Hindelang und (Bad-)Oberdorf laufen. In Briefen erzählte Mutter mir, dass sie mit ihren Eltern und Schwestern öfter den Urlaub in Oberdorf zugebracht hatte.

Hedwig mit Lili, Lotte und Gertrud Brand in Obersdorf 1905

Vater studierte zu Hause Alpenliteratur und beschrieb mir die landschaftliche Umgebung unseres Lagers in seinen Briefen.

Exerzieren und Bäumefällen war ich bald satt und konnte schnell eine andere, weniger anstrengende dienstliche Tätigkeit finden. Ich meldete mich als Hilfssanitäter und begründete mein Interesse aus familiärer Herkunft, Großvater Brand war ja schließlich Apotheker gewesen und bei Onkel Karl in Schrozberg hab ich ja auch so einiges mitgekriegt. So kam es, dass ich eine ruhigere Kugel als »Pisspottschwenker« schieben konnte. Dem Morgenappell und der abendlichen Stuben- und Spindkontrolle entging ich ohnehin, weil ich als Lagerhornist zum Wecken und zum Schlafengehen blasen musste – herrlich der Widerhall in diesem stillen Alpental!

Dem Obersalzberg nahe

Etwa im September wurde unsere RAD-Einheit, ohne dass wir bei der Abfahrt das Ziel kannten, nach Berchtesgaden verlegt. Zu der Zeit schrieben Mutter und Vater einen langen Brief. Das Barackenlager, in das wir jetzt einquartiert wurden, befand sich etwa zwei Kilometer oberhalb von Hitlers »Berghof«, um den herum sich weitere Nazigrößen auf einem schwer bewachten und weiträumig von Bunkern untermauerten Gelände angesiedelt hatten.

Zur Begrüßung erklärte uns unser neuer Lagerkommandant: »Ihr seid hier, weil der Führer in dieser schweren Zeit deutsche Jugend um sich haben will.« Den Führer sahen wir nicht, nur auf dem Weg zu unserer Arbeitsstelle am Bunker von Martin Bormann unzählige SS-Männer, und durch mehrere Sicherheitstore mussten wir durchgeschleust werden.

Der Berghof, im Vordergrund das Kripo-Gebäude

Hitlers Berghof

93

Oft gaben die Sirenen in Berchtesgaden Fliegeralarm. Wir sahen Bombergeschwader, von deutscher Abwehr ungestört, über uns hinwegziehen, nach München oder sonst wohin. Während der Alarme hatten wir uns weit im Gelände um das Lager herum zu verstreuen, um bei einem Angriff die Verluste möglichst gering zu halten. Dann las ich in Goethes »Hermann und Dorothea«. Das Büchlein hatten mir meine Eltern geschickt. Ich habe die wunderbaren Gedanken darin in mich hineingesogen – eine ganz andere Welt.

Bei einem Alarm, wie wir ihn so bei unserem Lager erlebten, holte mich aber die Wirklichkeit wieder ein. Vom Lager aus konnten wir in der Ferne Salzburg erahnen. Diesmal flogen die Bomber nicht weiter wie sonst, sondern luden ihre Bombenlast auf die herrliche Stadt und ihre Menschen ab. Kurz danach wurden wir mit Lastwagen dorthin gefahren, um zu helfen. Ich wusste ja, wie eine bombardierte Stadt aussah, aber meine Kameraden, meist rüde Bauernjungen aus Bayern, waren erschüttert und vor Schmerz kaum einsatzfähig.

Die Zeit auf dem Obersalzberg ging schnell vorüber. Im Oktober und November wurde es immer kälter mit Schnee-Eisregen, Schnee und eiskaltem Wasser am Gebirgsbach, an dem wir uns morgens nach dem Waldlauf und nach dem Geländedienst in Turnhose und mit freiem Oberkörper wuschen. Nach offiziellem Dienstschluss heizten wir zur obligatorischen »Putz- und Flickstunde« die bulligen Öfen in den Baracken voll ein. Holz hatten wir genug.

Dann gab es oft die »Eckeleien« der bayerischen Bauernbuben. Sie reizten sich gegenseitig oder guckten einen aus, den sie heute fertigmachen wollten. Dann ging das Gesekele so lange, bis einer aufstand und losprügelte und einmal einer mit seinem Rücken gegen den heißglühenden Ofen stürzte. Was weiter geschah, weiß ich nicht mehr, aber das schien wohl bei diesen Kameraden ganz normal zu sein – alles ohne ersichtlichen Grund, nur so.

Einberufung zur Marine

Ende November war es wohl, als ich nach Hause entlassen wurde. Nach Hause, das hieß eigentlich nur: eine Verschnaufpause in Zivil, denn der Gestellungsbefehl zur Marine würde bald folgen. Die Fahrt nach Wuppertal ging über Ellwangen, wo ich noch einige Sachen abholen wollte. Außerdem war Ellwangen mein gemeldeter Wohnsitz, nur dorthin reichte meine Dienstfahrkarte. Tante Lili und Onkel Fritz kannte ich kaum wieder. Sie litten unter dem frühen Tod ihres geliebten Helmut, übrigens der einzige Gefallene von den sechs Söhnen aus der Brand'schen Verwandtschaft.

Die Fahrt mit der Eisenbahn nach Wuppertal war abenteuerlich: öfters wegen Streckenzerstörung in andere Züge umsteigen, immer wieder Alarme in der Nacht, dann eine andere Streckenführung. Schließlich bin ich vor lauter Übermüdung auf meinem Koffer eingeschlafen. Plötzlich wachte ich durch einen Ruck des Zuges auf, sah hoch und erfuhr von freundlichen Mitreisenden, dass wir über Siegen, Hagen nun in Essen angekommen seien. Ich hätte doch gesagt, ich wollte nach Wuppertal. Ich sprang raus. Meine Koffer wurden mir nachgeworfen und der Zug fuhr weiter.

Wie ich letztlich nach Wuppertal gekommen bin, weiß ich nicht mehr. Aber meine Eltern freuten sich sehr, als ich plötzlich vor der Tür stand. Damals gab es nur in wenigen Häusern ein Telefon, auch nicht in der Schule Am Diek. Telefonverbindungen konnte man kaum bekommen, war doch vieles zerstört und Funktionierendes überlastet. Zudem waren Ferngespräche in der Post anzumelden. So kannten meine Eltern keinen Ankunftstermin, denn auch die Post kam, wenn sie nicht durch Angriffe vernichtet wurde, sehr unregelmäßig an.

Die wenigen Tage bis zum Einberufungsbefehl habe ich zu Hause bei meinen Eltern verbracht. Es gab so viel zu erzählen. Meine Eltern waren glücklich, mich noch einmal – vielleicht das letzte Mal – bei sich zu haben. An einem Tag klingelte ein Mann an der hinteren Tür unseres langen Flures, die nur Eingeweihte kannten. Er fragte nach meinem Vater. Als ich sagte, der sei nicht da, drehte er sich enttäuscht um und verschwand ohne Worte. Wenige Tage danach erfuhr mein Vater, dass ein guter Freund aus alten Tagen in Wuppertal von der Gestapo (Geheime Staatspolizei) wegen seiner angeblichen Verbindungen zu den Verschwörern des 20. Juli verhaftet worden sei – er wurde hingerichtet. Wäre mein Vater zu Hause gewesen, bin ich sicher, hätte er ihm geholfen – und wäre auch hingerichtet worden.

Zum Abschied: Befiehl du deine Wege

Der Abschied von zu Hause fiel mir erstaunlicherweise gar nicht so schwer, musste ich doch dem Ruf meines Führers folgen, und auf Neues war ich immer neugierig. Ganz anders meine Eltern. Mein Vater setzte sich ans Klavier und spielte zuerst das sehr alte Volkslied »Ich fahr dahin wann es muss sein«, dann »Befiehl du deine Wege« und »Wer nur den lieben Gott lässt walten« (mein Vater hat seinen Glauben nie zur Schau getragen) – ganz wie damals beim Abschied von Fritz, als er zum Arbeitsdienst oder zur Marine einrücken musste. Damals und heute spielte ich auf dem Waldhorn die Melodie dazu, während meine Mutter den Text sang.

Meine Reise mit dem endgültigen Ziel Stralsund führte mich über Berlin, wo ich in der Nacht in der von Bombern schwer beschädigten Stadt keinen Anschlusszug bekommen konnte. Ich durfte als Soldat oder auch als Einberufener schließlich keinen normalen Zug, sondern nur einen Wehrmachtszug benutzen. So ging ich am Bahnhof auf und ab und entschloss mich dann, in dem kostenfreien Soldatenkino am Bahnhof einen Spielfilm anzusehen.

Vor dem Bahnhof kam ein Soldat auf mich zu und begann ein allgemeines Gespräch, bald aber kam er zur Sache: Ich solle doch nicht weiter nach Stralsund fahren, sondern mich verstecken, bis der Krieg vorbei sei, das wäre bald so weit. Ich verstand ihn nicht, habe ihm aber nicht widersprochen und ihn auch nicht auf die Schändlichkeit seines Verhaltens hingewiesen. Damals kamen mir aber auch die ersten vagen Zweifel, die ich noch bewusst verdrängte. Am nächsten Morgen ging ein Militärzug nach Stralsund.

Ankunft in Stralsund

Es war ein nasskalter Wintertag, als der Zug in Stralsund ankam. Wie ich zum genannten Ziel dort kam, weiß ich nicht mehr, es war meines Wissens die Falkland-Kaserne auf dem Festland, dort standen Baracken. Man wusste mit uns in den ersten Tagen – ausgerechnet den Weihnachtstagen – wohl gar nicht so recht etwas anzufangen. Dann aber wurden wir mit Lastwagen zur eigentlichen Garnisons-Kaserne auf der Insel

Dänholm verfrachtet. Von Stralsund führt der Rügendamm über den Dänholm zur Insel Rügen.

Auf der Insel Dänholm sind viele große Kasernengebäude und Exerzierplätze sowie Heidelandschaft und kleine Kiefernwälder; ein Gelände, auf dem Militär alles hat, was es benötigt, auch einen Hafen, in dem kleine Boote für das Training der angehenden Matrosen lagen, und einige Motorboote, zum Teil Privatboote. Später erfuhr ich, dass eines der privaten Motorboote unserem Kompanieführer Kapitänleutnant Seebohm gehörte, der mit einer Schwedin verheiratet war und später mit seiner Familie mit diesem Boot nach Schweden floh. Die grässliche Geschichte meines Kameraden Huber hatte ich schon berichtet; ob das Todesurteil an ihm noch vollstreckt worden ist, weiß ich nicht. Schließlich gab es auch Kriegsrichter und Offiziere, die das bis zum Kriegsende hinauszögern konnten.

An einem Tag fragte uns unser beliebter Zugführer Leutnant Dreyer in einer kleinen Gruppe bei einer Pause während des Exerzierens, was wir von dem hielten, was der Soldat Huber gesagt hatte. Wir schwiegen betreten.

An einem Morgen um 5 Uhr etwa wurde ich durch Trommelwirbel geweckt und sah aus dem Fenster unserer Bude hinter die Kaserne. Dort wurde ein Soldat abgeführt, vor ihm der Trommler, hinter ihm das Erschießungskommando. Sie marschierten zur nahen Sandgrube. Von dort schallte dann die Gewehrsalve herüber. Der Soldat war wegen Kameradendiebstahls erschossen worden. Er hatte einem Stubenkameraden Lebensmittel aus dem Spind genommen, die der als Bauernsohn in Paketen von zu Hause geschickt bekommen hatte.

Wacheschieben im kalten Winter 1944/45

Weil ich immer gerne für mich alleine war und dem Exerzier-Rummel aus dem Weg gehen wollte, meldete ich mich sehr oft freiwillig, um Wache zu schieben. Das hieß, im Wechsel mit anderen Wachhabenden im Vierstunden-Rhythmus draußen bei dem zu bewachenden Objekt wachsam rumzustehen. Am liebsten schob ich Wache an der nicht genutzten Flakbatterie auf Rügen bei Altefähr. Von dort hatte man immer einen wunderbaren Blick über den Sund zur Altstadt von Stralsund. Zur Wachbaracke mussten wir über den Rügendamm marschieren und wurden dort für vierundzwanzig Stunden einquartiert.

Hier konnten wir, wenn wir nicht gerade draußen Wache stehen mussten, lesen, Schach spielen oder schlafen. Manchmal spielte ich auch auf meiner geliebten Mundharmonika, die mich schon in meiner Kinderzeit immer begleitet hatte, besonders gerne zum Badezimmer, wo sie so schön klang.

Die relative Ruhe bei der Wacheinheit war ganz in meinem Sinn, wenn es auch in dem kalten Winter 1944/45 manchmal doch zu grausig kalt und unheimlich war, allein im Dunkeln auf Wache dem scharfen Wind ausgesetzt zu sein, und ich musste sehr mit mir kämpfen, nicht einzuschlafen. Für dieses Wachvergehen wäre ich schwer bestraft worden. Und der wachhabende Bootsmaat kontrollierte die Wachmänner in unregelmäßigen Abständen.

Als angehende Matrosen hatten wir gehofft, auch einmal auf See zu kommen. Der Wunsch erfüllte sich an einem nasskalten Februartag: Wir stiegen mit warmer Kleidung, soweit wir so etwas von zu Hause bekommen hatten, in die großen Ruderboote und lernten »Kutterpullen«, mit langen schweren hölzernen Riemen (Rudern) in der Mannschaft zu rudern war gar nicht so leicht, vor allem die Ruder nicht zu tief ins Wasser hinein zu ziehen. Schließlich kamen wir durchnässt und total durchfroren wieder zurück in die Kaserne.

Mein Traum von der »Kaiserlichen Seefahrt« – im Gegensatz zur »Christlichen Seefahrt«, der Handelsmarine – hatte sich zwar erfüllt, Gott sei Dank aber nur an diesem einen Tag, an dem ich mich mehr als ein Galeerensklave denn als ein zünftiger Matrose gefühlt hatte.

Vom Dänholm aus wurden wir an einem Tag in den großen Hafen der Stadt befohlen. Ein Lazarettschiff von der Ostfront in Ostpreußen war eingelaufen. Wir sollten die verwundeten Soldaten ausladen.

Das war ein grässliches Erlebnis: In dem völlig überfüllten ehemaligen Reisedampfer stank es bestialisch, Schwestern und Soldaten, die noch laufen konnten, rannten umher und überall wurde gerufen und kommandiert, dazwischen das entsetzliche Stöhnen der Verwundeten und sterbenden Soldaten, die seit Tagen nichts zu essen und keine Medikamente und keine neuen Verbände bekommen hatten. Auch dort flüsterten mir mehrere Verletzte zu, wir sollten doch machen, dass wir wegkämen. Der Krieg sei verloren, die Russen kämen bald und alles sei so schrecklich: »Ihr seid zu jung zum Sterben!«

Sosehr es mir und uns an die Nieren ging, wir konnten das in unserem Empfinden doch alles schnell wieder wegstecken, war für uns trotz all der schrecklichen Dinge unser Leben ein aufregendes Abenteuer.

Es hatte uns selbst schließlich immer noch nicht hart genug persönlich getroffen.

An die Ostfront

In der ersten Hälfte April kam dann der Tag, an dem wir erfuhren, dass wir an die Ostfront, also zu den Russen geschickt werden sollten. Wir bekamen Alkohol, von dem ich nichts hielt, zum Feiern unseres Abschieds aus der Kaserne, krachten mit unseren Böllern, die wir von unseren »Manöverspielen« übrig gehalten hatten, verabschiedeten uns von den Flüchtlingsfamilien, die auf unserem Flur in der Kaserne einquartiert waren, und träumten vom Soldatenruhm.

Einige blieben aber in Stralsund, wir beneideten sie, weil ihnen der Soldatenruhm wohl noch erspart bleiben würde. Sie sind aber bald darauf nach Berlin gebracht worden, wo es wohl kein Entrinnen mehr vor der russischen Übermacht gegeben hat.

Am nächsten Morgen wurden wir auf dem Güterbahnhof in Viehwaggons geladen und fuhren gen Osten. In Angermünde stiegen wir in offene Lastwagen, die uns nach Oderberg brachten. Waffen hatten wir keine, auch kein Gewehr; es würden genug Gewehre herumliegen und auch Munition dazu, so dass wir uns selbst bewaffnen könnten, hieß es. Vom Berg hatten wir einen weiten Blick in den Oderbruch, nichts von Feinden, kein Krieg, nur unsere Schützengräben oben auf der Bergkante erinnerten an Krieg. Das sollte aber anders werden, als wir ganz in der Nähe unter Beschuss der russischen »Stalinorgeln« gerieten.

Unser Kamerad, den wir am Vortag noch bewundert und beneidet hatten, als er das Ritterkreuz und die Panzerknacker-Auszeichnung bekam, weil er einen russischen Panzer abgeschossen hatte, wurde tödlich getroffen. Ich selbst hatte mich während des Orgelkonzertes in eine Erdmulde gekauert und in meinem Marinegesangbuch die

Choraltexte gelesen, in denen ich Trost fand und mich mit meinen Eltern und Fritz verbunden fühlte.

Am nächsten Tag wurden wir wieder in Lastwagen geladen und weiter nach Norden verlegt in eine ebene Landschaft bei Schmölln östlich eines Moorgebietes mit einsamen Gehöften und verwilderten Feldern und darin zahlreichen Schützen- und Panzergräben. Dort warteten wir auf die Russen; wir mit zusammengesuchten Gewehren und wenig Munition, die mit Panzerwagen und Kanonen.

Waren es zwei oder drei Tage, ich weiß es nicht, dann hörten wir das dröhnende Geräusch der herannahenden Panzerwagen, zwanzig, dreißig, es konnten auch mehr sein. Auf den Monstern saßen Soldaten und nebenher gingen Soldaten, die konnte ich auch in der Ferne erkennen. Sie kamen immer näher und schossen ständig mit Granaten, die offenbar auf der Erde noch mehrmals explodierten, ratsch-bumm machte es, und dazwischen immer das Heranheulen.

Weg mit dem Gewehr

Ich versuchte erst mit meinem Gewehr zu schießen, merkte dann aber, dass daran etwas nicht funktionierte. Ich erkannte den Fehler, aber es war zu spät, ich warf es weg. Dann rannte auch ich hinter meinen Kameraden nach hinten über das weite Feld. Etwa zwanzig Meter neben mir rannte ein fremder Offizier. Ihm riss vor meinen Augen eine Granate beide Füße weg, er aber merkte das zunächst gar nicht und rannte noch weiter, bis er stürzte. Dann schrie er immer wieder: »Kameraden, verlasst mich nicht! Kameraden, verlasst mich nicht!« Dass einer bei ihm geblieben ist, bezweifle ich, war doch unsere größte Sorge, nicht in russische Gefangenschaft zu geraten.

Ich rannte weiter, rechts und links Granateneinschläge, und ich bekam vom Rennen grässlichen Durst. In einer Mulde lag ein Bauernhaus. Dort fand ich eine Pumpe, an der ich trank und trank und trank.

Eine junge Frau stand in der Nähe, sie war bestimmt eine russische Fremdarbeiterin, die nun Hoffnung schöpfte auf ein Leben in Freiheit, konnte sie doch nicht ahnen, dass der große Stalin die Fremdarbeiterinnen und russischen Gefangenen als Sicherheitsrisiko für seine Politik und als Verräter in Arbeitslager einsperren würde, wie man uns nach dem Krieg berichtete.

Sie lächelte mir zu und ich rannte weiter, konnte dann auf einem morastigen Fahrweg das ziemlich weiträumige Moorgebiet überqueren, vorbei an Verwundeten, die nicht mehr durchhalten konnten; einer lag da und vergrub seine SS-Mütze im Morast, einen nahm ich zuletzt mit bis zum Dorf, über meine Schulter gestützt. Dann fand ich in einem Gehöft einige meiner Kameraden wieder, zusammen mit unserem Bataillonskommandeur Major von Waldow, einem 25-jährigen prächtigen Kerl, mit hohen Auszeichnungen dekoriert.

Nachts auf abenteuerlicher Flucht vor den Russen

Hinter dem Moorgebiet wussten wir uns für diese Nacht sicher. Panzer konnten dort nicht durch. So durften wir ziemlich beruhigt schlafen. Am nächsten Morgen brachen wir in der Frühe auf und unser Major führte uns zunächst eine ziemliche Strecke über eine Autobahn, dann aber in den ersten Tagen immer abseitige Wege durch Waldgebiete und Felder. Bald machten wir bei Tage jeweils weit verteilt Rast, »Fuffzehn«, wie wir das nannten.

Aber dann blieben wir tagsüber in unseren Verstecken und marschierten erst bei Nacht in langer Reihe mit jeweils fünfzehn Metern Abstand weiter nach Westen. Ein alter Frontsoldat ermahnte uns junge Spunde, nur ja nicht die Schnürstiefel auszuziehen, wenn die Füße auch noch so weh täten, wir würden sie sonst nie wieder ankriegen. Kameraden, die diesen Rat nicht befolgten, mussten ihre Stiefel aufschneiden, um sie wieder über die Füße ziehen und mühsam mit Stricken verschnüren zu können, so viele dicke Blasen hatten wir alle dort. Oder sie liefen barfuß weiter, so weit die Füße trugen.

Unser Major ließ uns im Unklaren über sein wahres Marschziel, und ein Soldat fragt nicht. So kamen wir zu alten pompösen Rittergütern und kleinen Einzelgehöften, immer auf der Suche nach Nahrung, die dort noch zu finden war. Unsere Experten schlachteten und brieten Schweine und Hühner und molken die Kühe, die dafür sehr dankbar waren, hatten sie doch große Schmerzen, da niemand mehr für sie da war. In einem Rittergut gab mir der dort gebliebene Gutsverwalter das kleine Taschenjagdhorn seiner geflohenen Herrschaften; ich hatte es entdeckt und fragte ihn danach und durfte es behalten, »sonst nehmen's doch die Iwans mit«, sagte er.

Unser Marsch führte uns bald doch über befestigtere Wege und Landstraßen und an den langen Trecks von Leiterwagen vorbei, mit denen die Frauen mit ihren Kindern und alten Männern vor den Russen fliehen wollten. Die Wagen blieben oft stecken, die Pferde oder Rinder brachen unter der Anstrengung zusammen, Karren wurden in den Graben am Rand des Weges gekippt, dass wenigstens die nächsten weiterkommen würden. »Was sollen wir bloß machen, wenn schon unsere Soldaten abhauen?!«, rief eine Bäuerin uns zu.

Wir blieben stumm. Meine Kameraden »organisierten« sich Fahrräder. Auch ich hob eins hinten von einem Leiterwagen. Bald hatten wir so viele Fahrräder, dass jeder Zweite mit dem Rad vorweg fahren konnte. Nach einigen Kilometern wurden die Räder dann abgestellt und von ein paar Kameraden mit ihren Gewehren bewacht, bis die Fußmarschierer nachkamen, aufsitzen und die Vorangegangenen wieder einholen konnten, die dann wieder die Räder bestiegen.

Die Fußmarschierer gingen bei Nacht möglichst zu dritt nebeneinander, der mittlere durfte dann die Augen zumachen und schlief beim Gehen; dann wurde gewechselt. Markante Straßenkreuzungen umgingen wir möglichst, denn dort stand die Militärpolizei; die Männer in Soldatenuniform mit silbernem Schild, an Ketten um den

Hals gehängt, hießen bei den Soldaten gemeinhin »Kettenhunde« oder auch »Heldenklau«, denn sie mussten versprengte Soldaten, die in den Wirren ihre Einheit verloren hatten oder von ihr geflohen waren, einsammeln und neuen Einheiten zuführen.

So mancher Soldat wurde von den Kettenhunden als Fahnenflüchtiger identifiziert – zu Recht oder zu Unrecht – und standrechtlich liquidiert, oft genug am Straßenrand zur Abschreckung aufgehängt. Unser Major hatte immer genaue Marschbefehle parat – woher auch immer, mit denen er unsere Legitimität und unseren Marschauftrag mit Ziel exakt nachweisen konnte. So kamen wir überall durch.

Einmal wurden wir angebrüllt, weil ein Kettenhund ihn bei dem Lärm und Durcheinander falsch verstanden hatte, wir seien Versprengte; er aber entgegnete eindeutig und bestimmt mit der Unwahrheit, nein, wir seien ein Marine-Spreng-Kommando zum Sprengen wichtiger Brücken. So kamen wir durch. Sicher half ihm und damit auch uns, dass er ein hochdekorierter Soldat war. So legten wir in etwa fünf Tagen die Strecke bis Rastow zurück. Das ist ein kleiner Flecken an der Eisenbahnstrecke von Schwerin nach Ludwigslust. Es waren insgesamt etwa 250 Kilometer.

Kurz vor Rastow mussten wir wieder durch ein Moorgebiet. Dann forderte unser Major uns auf stehen zu bleiben und sagte ernst und bestimmt: »Kameraden, was ich euch jetzt sage, werdet ihr vielleicht noch nicht verstehen. Der Krieg ist bald zu Ende und Deutschland braucht danach intelligente Jugend. Deshalb habe ich euch hierhergeführt. Es ist gut, dass Deutschland diesen Krieg verloren hat. Es wäre schrecklich für viele Menschen geworden, wenn Deutschland diesen Krieg gewonnen hätte. Legt eure Waffen neben die Straße, wir gehen jetzt dort drüben hin, dort sind die Amerikaner. Wir gehen in Gefangenschaft. Ich wünsche euch alles Gute, Kameraden.«

Das war am 3. Mai 1945, zwei Tage nach meinem 18. Geburtstag. Damals kannte ich noch nicht das Gedicht des Nazi- und Kriegsgegners Erich Kästner »Wenn wir den Krieg gewonnen hätten«. Wir gingen schweigend mit ihm. Vom Marine-Füsilier-Bataillon, wie unsere Einheit hieß, waren nur noch 42 Mann übrig geblieben.

In Ami-Gefangenschaft

Kaugummi kauend empfingen uns die Amis, schickten uns mit lässigen Handbewegungen, so ganz unsoldatisch auf eine umzäunte Wiese und überließen uns dort weitgehend uns selbst. Auch viele andere Soldaten kamen in dieses Lager. Major von Waldow wurde unser von den Amis anerkannter Lagerkommandant. Ihm verdanke ich mein Leben.

Im Lager baute sich jeder oder jede Kameradschaft eine »Unterkunft«, Zelte aus Zeltplanen oder eine flache Strohhütte, wie Arpad Gritzbauch, mein aus der Tschechoslowakei stammender Kamerad und Freund seit Stralsund, und ich.

Der tschechische Freund Arpad

Aus meiner Soldatenwolldecke nähte ich mir einen Schlafsack mit einer Kordel oben im Saum, so dass mir die Decke nicht mehr wegrutschen und mein Kopf nicht mehr kalt werden konnte. Wir wurden von den Amis notdürftig ernährt, bei Hilfsarbeiten im Lebensmitteldepot konnte ich zudem ein Paket Kekse »organisieren«, wie man das damals nannte.

Ein paar Kameraden haben sich im Übermut mit Methyl-Alkohol besoffen, sie wurden blind. Immer wieder hörte man das Lied »Ich möcht' zu Fuß nach Kölle jonn«. Am Abend musste ich auf dem kleinen Jagdhorn zum Zapfenstreich blasen: »Soldaten müssen nach Hause gehn und nicht so lange beim Mädchen stehn«.

Ich beschäftigte mich am Tag gerne mit Geometrie, so suchte ich mir einen Beweis für den Pythagoras-Lehrsatz »A-Quadrat plus B-Quadrat gleich C-Quadrat«, den ich auf amerikanisches Klopapier kritzelte. Und dann hatte ich, wie meine Kumpels, Freude mit kleinen Tierchen, Hunderte kleiner Läuse hatten es sich in unserer Kleidung und auf unserer Haut gut eingerichtet. Läuse knacken, Tag für Tag, das reichte nicht aus.

Wir hatten zu warten, bis eine Entlausungsstation gebaut werden würde. Das musste ein kleines, zimmergroßes Steinhaus mit Feuerung sein, in dem unsere Kleidung hoch erhitzt werden könnte, während wir uns total von Läusen abschrubben würden. Das wurde in Rastow nicht gebaut und war auch später auf Fehmarn nicht fertig, bevor ich entlassen wurde. So half erst die englische Entlausungsmethode mit DDT. Davon aber später.

Dass wir in Rastow aber noch lange nicht in Sicherheit waren, wurde durch Gerüchte deutlich: Rastow lag in dem Gebiet, das im Vertrag von Jalta unter den Feindmächten Russland zur Besetzung zugesprochen worden war. So drohte uns doch noch die russische Gefangenschaft. Major von Waldow verhandelte mit den Amerikanern Stunden über Stunden, auch noch bei Nacht.

Nach Wuppertal?

Dann sickerte es durch, dass wir von den Amis abtransportiert werden sollten. An einem Morgen mussten wir uns nach meinem Wecksignal mit unserem wenigen Hab und Gut versammeln, in Kolonnen aufstellen, und dann wurden wir zum Bahnhofsgelände von Rastow geführt, begleitet von wenigen Kaugummi kauenden freundlichen schwarzen und weißen Amis mit oft runden Bäuchen. Unser Major wünschte uns gute Reise, Als wir nun wieder einmal in den schon bekannten Viehwagen standen und mit unbekanntem Ziel losfuhren, sah ich am gegenüberliegenden Gleis einen Güterzug stehen. Ein Waggon hatte die Aufschrift »Reichsbahndirektion Wuppertal« – das schien wie ein Hoffnungssignal. Dann der zweite Waggon, ebenfalls RBD-Wuppertal, und als der dritte Waggon mir wieder RBD-Wuppertal zeigte, war ich gewiss, das war ein Zeichen für mich, dass es nach Hause gehen wird.

Und tatsächlich, es ging zwar nicht direkt nach Wuppertal, aber wir blieben im Westen, während die Iwan-Panzer schon von östlich Rastow herüberdröhnten. Die Eisenbahnfahrt ging über Schwerin und Lübeck weiter bis nach Neustadt, wo wir ausgeladen wurden und den Befehl erhielten, uns auf eigene Faust auf den Weg zur Insel Fehmarn zu machen, die damals als Internierungsgebiet für Marinesoldaten ausgewiesen wurde.

Der Weg betrug etwa 180 Kilometer und es bewährten sich unsere Marscherfahrungen von der Fluchtstrecke. Nur waren wir nicht mehr angetrieben von der Furcht vor den Russen. Unterwegs gab es immer wieder Hinweise zu Verpflegungsstationen. Dennoch hatten wir viel »Kohldampf«, wie wir den Hunger nannten.

Am Weg wurde ich von einer Frau angesprochen, ob jemand Bohnenkaffee bei sich habe. Sie hatte Glück, denn am letzten Tag in Rastow hatte ich mein Signalhorn bei einem Kumpel gegen etwa drei Hände voll Rohkaffee eingetauscht, war ich doch jetzt zuversichtlich, bald nach Hause zu kommen und Vater und Mutter mit echtem Kaffee überraschen zu können.

Ich zögerte zunächst, ob ich diesen Goldschatz jetzt hergeben sollte, aber ich hatte solchen Kohldampf, dass ich den Kaffee gegen eine reichliche Mahlzeit mit Spiegeleiern, Schinken und Kartoffeln hergab – Hans im Glück! Vater und Mutter sagten später zu Hause, das hätten sie mir auch geraten. So war ich dann auch wieder im seelischen Gleichgewicht.

Bei den Briten auf Fehmarn

Von der Landzunge bei Großenbrode wurden wir über den Fehmarnsund auf die Insel übergesetzt, wo wir noch bis zur Südost-Ecke, dem Staberhuk, weiterziehen mussten. Dort lag auf der Landspitze beim Leuchtturm ein Wäldchen oberhalb der Klippen. Da war unser Internierungslager, das unter deutscher Selbstverwaltung stand.

Nachkriegsjahre

Wir hatten zum ersten Mal seit der Kaserne in Stralsund ein »festes« Dach über dem Kopf, denn wir bekamen dort große Mannschaftszelte zum Aufbauen, in denen wir gut leben konnten. An einen Baum nagelte unsere Lagerleitung täglich die neusten Nachrichten. So erfuhren wir von Hitlers Tod, der Kapitulation, dem Wiedererwachen einer anderen Politik in Deutschland und dem, was Demokratie genannt wurde, ein Fremdwort für uns.

Erinnerungen melden sich

Wir konnten uns am Tage rund um das nicht befestigte oder gar bewachte Lager frei bewegen. So suchte ich mir beschauliche Stellen oben am Rand der Steilküste, oder ich kletterte hinab an den Strand und suchte nach Treibgut.

Erinnerungen wurden wach an unseren Familienurlaub 1935 in Rüstersiel bei Wilhelmshaven und besonders an 1937 auf Sylt, wo wir mit unseren Eltern und Mutters Freundinnen Ilse und Marilies in den Sommerferien bei Leuchtturmwärter Sörensen und seiner Frau auf der Nordwestspitze, dem Ellenbogen, gewohnt hatten. Das war ein herrlicher Urlaub in den damals menschenleeren Dünen mit Tausenden von Möwen und Unmassen an Strandgut zum Buden- und Phantasieschiffe-Bauen.

Als ich nun am Staberhuk frei herumlaufen konnte, fand ich viele Weinbergschnecken. In Burg auf Fehmarn war früher einmal ein Kloster, und wo Mönche waren, musste es auch Weinbergschnecken geben, hatte uns unser Vater erklärt, denn die Mönche deckten in der Fastenzeit mit diesen ihren Fleischbedarf.

Daran erinnerte ich mich und sammelte ein ganzes Kochgeschirr voll mit Weinbergschnecken, wusch sie im salzigen Meerwasser und kochte sie dann auch darin über einem Holzfeuer aus Treibholz am Strand, eine herrliche Mahlzeit!

So machte ich mir auch in den nächsten Tagen am Strand meine Zusatzmahlzeiten. Am Strand fand ich eine Trillerpfeife aus Horn, die ich seither aufbewahrt habe und als Lehrer beim Sportunterricht gut gebrauchen konnte. Um mir die Zeit zu vertreiben und möglichst bald mit einem Kumpel Schach spielen zu können, fing ich an mit meinem Solinger Taschenmesser die Figuren für ein Schachspiel zu schnitzen.

Ferne Erinnerung – Familie Meis auf Sylt 1937

Aber als das Spiel fertig war, hing am Baum eine interessante Information: Landarbeiter und Jugendliche unter 18 Jahren sollten sich zur baldigen Entlassung melden. Am nächsten Morgen stand meine Entscheidung fest.

Ich fälschte in meinem Soldbuch, dem ständigen Begleiter des Soldaten, mein Geburtsdatum auf 1928. Das ging verhältnismäßig leicht, war ich doch bei einer Übung in Stralsund bis zum Bauch in einem Sumpf eingesunken und damals nur mit meinem quer auf den Morast gedrückten Gewehr dem Untergang gerade noch entkommen. Nun verhalf mir das damals total versumpfte und darum kaum leserliche Soldbuch tatsächlich bis nach Eutin in das Entlassungslager. Das Schachspiel hatte ich den trauernden Hinterbliebenen zurückgelassen.

Frei

Im Entlassungslager aber bekam ich kalte Füße, denn bei falschen Angaben drohte der Einsatz auf einem Marine-Minensuchboot, einem Himmelfahrtskommando bei der minenverseuchten Küstenregion. So besann ich mich auf den anderen Entlassungsgrund, restaurierte mein Soldbuch im alten Zustand und stellte mich auf »Landarbeiter« als Entlassungsgrund ein.

Mit diesem Vorsatz ging ich auch in das obligatorische Entlassungsgespräch mit einem der Offiziere vom englischen Intelligence-Service, nachdem auch mir mit einer Art großer Wasserpistole ein weißes Pulver gegen die Läuseplage in den Hosenschlitz und alle anderen Kleidungsöffnungen gepustet worden war, das Wundermittel DDT.

Mein Engländer fragte mich in ausgezeichnetem Deutsch – er war sicher einer der intelligenten Deutschen, die als Juden vor den Nazis nach England fliehen mussten – nach meinem Entlassungsgrund. Er meinte, nachdem er sich meine Hände angesehen hatte, das könne doch wohl nicht wahr sein.

Dann aber wollte er noch mehr von mir wissen und blätterte währenddessen in umfangreichen Papiersammlungen und Namenslisten. Ich erzählte – erstaunlich unbefangen und gelöst – von meinen Eltern, von Vater, der als Schulrat 1933 abgesetzt worden war, und meiner Mutter, die in der Arbeiterwohlfahrt gearbeitet hatte, und von den Freunden meiner Eltern.

Auf einmal sagte der freundliche Mann beim Blick über den Brillenrand: »Jung, mach, dass du nach Hause kommst, deine Eltern haben genug gelitten!«, und er reichte mir den Persilschein – meine Weste war jetzt weiß wie mit Persil gewaschen – und gab mir die Hand: »Grüß deine Eltern!«

Mir fiel eine Last von der Seele, konnte ich doch jetzt mit meiner Heimkehr nach Wuppertal rechnen. So freundlich ich die amerikanischen und auch in Schleswig-Holstein die englischen Soldaten empfand, so wenig konnte ich jedoch verstehen, dass sie uns alle Erinnerungsfotos mit Männern in Uniformen abnahmen und vernichteten, sie rissen sogar die Uniformierten von den Hochzeitsfotos, zerstörten damit so oft die letzten Erinnerungen.

Zum Entlassungslager Weeze am Niederrhein

Schon zwei Tage später wurde ich mit anderen Auserwählten wieder auf einen offenen Lastwagen geladen und die Fahrt ging mit wenigen Übernachtungsstationen – ich erinnere mich an Hamburg, Bremen, Osnabrück – über Behelfsbrücken und durch zerstörte Ortschaften zum Entlassungslager Weeze am linken Niederrhein. Als Verpflegung hatten wir ein Care-Paket für die ganze Fahrt erhalten, eine für uns unvorstellbare Sammlung leckerer Konserven und dazu Ami-Zigaretten, für die ich bei den Rauchern zusätzliche Konserven eintauschen konnte.

Im Lager Weeze waren meine Care-Vorräte aber schon längst aufgebraucht. Ich konnte froh sein, beim Nachtquartier im Waschraum

Brotkrusten unter den Waschbecken dort zu finden, wo kein Wasser mehr floss. Sie waren zwar grün verschimmelt, halfen aber doch weiter.

Am nächsten Tag fuhren wir wieder mit den englischen Lastwagen los. Bei Düsseldorf setzten wir über den Rhein und kamen gegen Abend am Rathaus in Barmen an. Unterwegs waren schon einige Kumpels vom Laster abgestiegen, weil sie zu Fuß weiterkommen wollten.

Am Barmer Rathaus erwarteten uns schon einige Jungen, vor allem aber Mädchen, die uns jubelnd begrüßten. Im Rathaus wurden wir von einem Beamten in die Einwohnerliste eingetragen. Es war Herr Koch, der Vater von Ulla Koch, einer späteren Kollegin im Studium und an der Schule Germanenstraße. Er nahm uns unseren Persilschein ab. Dafür erhielten wir dann eine Identitäts-Bescheinigung mit unserem Fingerabdruck.

Nun war für uns der Krieg endgültig zu Ende. Mein Weg führte mich an diesem Tag noch über Mühlenweg, Bartholomäusstraße, Lentzestraße und Freudenberg zum Wichlinghauser Markt und die Oststraße hinauf, die in die Straße Am Diek übergeht. Unterwegs wurde ich längere Zeit von Jungen und Mädchen fröhlich begleitet. Ich kannte sie nicht, aber das war auch gar nicht so wichtig. Sie wollten einfach dabei sein.

Die Mutter eines der Mädchen winkte mir nach. Durch die Oststraße und den Diek ging ich alleine. Von dem flachen ersten Stück der Straße Am Diek aus sah ich schon meine Mutter mir entgegenlaufen, froh ihre Arme schwenkend, vergessend, dass ihr krankes Bein eigentlich nicht recht mitmachen konnte.

Wir fielen uns in die Arme. Da jaulten die Alarmsirenen los. Es begann um 22 Uhr die Sperrstunde, während der niemand auf die Straße durfte, was die Engländer von ihren Jeeps aus kontrollierten. Frau Werth stand an ihrem Haus (Nr. 23) in der offenen Tür und wir rannten hinein. Hinter den Häusern konnten wir durch die Gärten zur Schule kommen, wo Vater schon wartete.

Meine Eltern hatten durch einen schon vor einigen Tagen entlassenen Soldaten aus Wichlinghausen erfahren, dass ich auch bald kommen müsste, und ein heute im Rathaus vor mir Abgefertigter aus unserer Nachbarschaft hatte den am Fenster wartenden Eltern gesagt, ich käme auch gleich.

Überglückliche Eltern

So konnte mir Mutter entgegeneilen und mit Grethe Werth den Rückzug durch die Gärten vorbereiten. Ein Elternteil von Grethe Werth war jüdischer Abstammung, Grethe also Halbjüdin, darum war sie Anfang 1945 verhaftet und auf den Weg zum KZ Theresienstadt gebracht worden, hatte aber den Nazi-Wachmannschaften unterwegs aus dem Zug entkommen und nach Wuppertal zurückkehren können, wo sie auch von unseren Eltern verborgen und versorgt wurde.

Auch Vater war überglücklich, dass ich wieder zu Hause war, konnte aber kaum etwas sagen, so froh war er. Mutter kam gleich zur Sache, machte mir etwas zu essen – viel hatte man damals nicht – und ließ währenddessen das Badewasser einlaufen, denn ich muss nach etwa zehn Wochen immer im gleichen Zeug entsetzlich gestunken haben.

Das warme Bad habe ich wie das Paradies empfunden, vor allem weil zum ersten Mal wieder ein Mensch mich liebevoll umsorgte. Danach habe ich mit den Eltern noch lange zusammengesessen und erzählt, bis uns die Augen zufielen.

Am nächsten Morgen, ich hätte im warmen weichen Bett noch gerne lange geschlafen, weckte mich mein Vater, denn er konnte es kaum erwarten, dass wir zusammen frühstücken würden. Danach wollte er zu Fuß nach Dönberg-Ibach zu einer Lehrerin, um ihr zu sagen, dass sie ihren Dienst als Lehrerin wieder aufnehmen könne, sie sei »entnazifiziert«. Vater war nämlich in dem hierfür zuständigen Entnazifizierungs-Ausschuss für den Schulsektor tätig und überbrachte allen seinen ehemaligen Kolleginnen und Kollegen gerne ganz persönlich diese existenzielle Nachricht.

Ich, so meinte Vater, könne ihn bei seiner Wanderung über Dönberg nach Ibach bestimmt begleiten. Das tat ich auch gerne, war ich doch an weitere Strecken gewöhnt, und ich merkte bald, wie stolz und froh er war, dass er mich dabeihaben konnte. Wir redeten und redeten und fühlten wohl beide die gleiche Wärme.

So überbrachten wir noch manche frohe Botschaft gemeinsam, oder ich fuhr mit dem Fahrrad als Freudenbote. In den ersten Tagen nach der Heimkehr wanderte ich mit meiner Kinderfreundin Ruth nach Beyenburg zum Kriegermal, denn auf Fehmarn hatte mir ein Offizier einen Brief für seine Angehörigen mitgegeben. Da wir keine Briefe überbringen durften, hatte ich den noch auf Fehmarn auf winzige Zettel abgeschrieben und unter meinen Einlegesohlen versteckt und dann zu Hause ins Reine übertragen. Die Empfänger schienen aber sehr misstrauisch zu sein, denn sie konnten sich die Zusammenhänge offenbar nicht vorstellen. Auch in die untere Bartholomäusstraße habe ich eine solche Nachricht an ehemalige Sommergäste eines meiner Kumpel im Lager überbracht, der früher am Timmendorfer Strand Zimmer vermietet hatte.

Lebensmittelmarken, Schwarzmarkt, Tauschhandel

Dann tauchte ich mehr und mehr in das zivile Leben ein. In ein Leben auf Lebensmittelmarken, die kaum etwas zu essen boten, Tauschhandel lebensnotwendiger Gegenstände gegen Lebensmittel, Hamsterfahrten in Bauerngegenden, um von Tür zu Tür Gummilitzen, gut erhaltene Kleidungsstücke, Silberbesteck und vieles mehr gegen Lebensmittel einzutauschen.

Schwarzmarkt bei Leuten, deren Adresse man nebenbei erfuhr: Kaffee, Butter für horrende Preise, gezahlt vom mühsam Zusammengesparten. Einmal wollte mich ein windiger Partner unserer Kaffee-Frau für Gaunertricks mit falschen Edelsteinringen in der Grenzregion um Aachen anwerben. Meine Eltern bremsten meine Neugier zum Glück. Zum Lebensunterhalt trug Vater mit unermüdlichem Fleiß im Garten mit Kartoffeln, Obst, Gemüse und Beeren entscheidend bei.

Das musste alles von der Grenzstraße zum Diek transportiert werden. Dafür hatten wir einen zweirädrigen Handkarren, mit dem wir aber nur selten in der überfüllten Straßenbahn mitgenommen worden sind. Meist mussten wir den ganzen Weg die Karre schieben, über eine Stunde Marsch. Erhebliche Probleme machten der Kohlenmangel und die wenigen Zeiten am Tag, an denen es Strom aus der Leitung gab.

Vieles im neuen Deutschland war mir unbekannt, so das Gerede über Demokratie, die wir überhaupt noch nicht kennengelernt hatten. Aber ich war neugierig und ging überall hin, wo eine politische Veranstaltung stattfand. Zunächst aber musste ich Lebensmittelkarten bekommen, sonst gab's nichts zu essen. Lebensmittelkarten bekam man nur, wenn man eine feste Arbeit mit einer Bescheinigung nachweisen konnte.

Mein Vater wusste einen Weg, er stellte mich seinem Freund Otto Vorberg, dem Leiter des Städtischen Hauptamtes vor, der mich an das Sportamt weiterleitete. Leiter des Sportamtes war Stadtturnrat Paul Immel, ein ehemaliger Lehrer. Das Amt war in Räumen des Stadions am Zoo untergebracht. Dorthin musste ich täglich mit Schwebebahn, Straßenbahn, häufigem Umsteigen und Pendelbetrieb fahren. Ich bekam dann meine Lebensmittelkarten, nicht aber Geld für meine Tätigkeit dort.

Das Fremdwort Demokratie – mit Leben gefüllt

Im politischen Leben wurde viel diskutiert, obwohl wir jungen Bürger davon nur wenig verstanden, gab es doch bei den Nazis und beim Militär keinerlei gleichberechtigte Diskussionen, die zu einem Ziel führen sollten; dort gab es nur das Führerprinzip von oben nach unten. Wir jungen Bürger wurden umworben, aber nur wenige interessierte das. Ich selbst schloss mich bald der FDJ, der Freien Deutschen Jugend, an. Dort konnte ich als Leiter vieles verwirklichen, so glaubte ich, was mir im Gefangenenlager durch den Kopf gegangen war.

Um dort aber eine wichtigere Funktion übernehmen zu dürfen, musste ich einen langen Fragebogen mit 181 Fragen (damals allseits bekannt) über mein bisheriges Leben abgeben, der dann vom Intelligence-Service der Engländer geprüft wurde. Von deren Plazet war ich also abhängig.

Mein Vater hatte durch seine Zugehörigkeit zur SPD und zum Entnazifizierungsausschuss guten Kontakt zu Mark Hyslop, einem prächtigen englischen Lehrer, der jetzt hier beim Intelligence-Service tätig war und seine Amtsstube in der Ferdinand-Thun-Str. 21 hatte. Der nahm sich auf Wunsch meiner Eltern meines Fragebogens an und ließ meine Eltern wissen, dass er für mich nicht zustimmen könne. Nicht meine HJ-Zugehörigkeit, die er zwar als Grund angab, war der eigentliche Grund, sondern die Tatsache, dass ich mit der aus der SBZ (Sowjetische Besatzungszone) gesteuerten FDJ nicht die richtige neue Heimat finden würde.

Ich ließ es sein und sah mich anderweitig um zum Leidwesen meiner alten Freundin, für die ich immer weniger Zeit aufbrachte. Ich besuchte die Stresemann-Runde, einen kleinen erlesenen Zirkel von Wirtschaftsleuten, lernte dort Erich Mende kennen, den Mitbegründer und langjährigen Vorsitzenden der aus der Stresemann-Runde hervorgegangenen FDP, Dr. Dr. Gustav Heinemann in einem evangelisch orientierten Gesprächskreis, der dann in die CDU überging, und größere Veranstaltungen der SPD, die damals – wie die KPD – schon als solche auftrat.

Die Deutsche Friedensgesellschaft war damals auch sehr aktiv und mir leuchteten deren Gedanken ganz besonders ein. Ich lernte bei den Veranstaltungen viel, vor allem das unterschiedliche Verhalten der Veranstaltungsbesucher. Mit Marc Hyslop verband mich bald eine gute Freundschaft. Er erfuhr von mir viel über das Denken der Hitlerjugend-Generation, was er in seine Berichte einband. Ich schrieb ihm so manches auf, was ihm und letztlich auch mir sehr half.

Mark Hyslop (links) zu Besuch, etwa 1950

Schulabschluss

Dann wurde alles, was ich erlebte, alltäglicher, weil das Neue dabei zurücktrat. Im Oktober 1945 begannen die Schulen wieder mit ihrem Betrieb, so auch die Siegesstraße, und wir hängten an unsere Klassentür ein Schild: »Hier wohnen keine Löwen, hier wohnen keine Tiger, hier wohnen nur im Pulverdampf ergraute Krieger.«

Schulbücher gab es keine und Bücher aus der Nazizeit mussten vernichtet werden. Physik- und Chemieunterricht durfte auf Anordnung der Alliierten in den Schulen bis lange nach meinem Abitur nicht erteilt werden. Es hieß: »Wenn man einen Deutschen mit einer Konservenbüchse in die Wüste schickt, kommt er bestimmt mit einem Panzerwagen wieder heraus.« Die Siegermächte wollten uns und auch unsere Industrie klein halten, nachdem sie praktisch alle nicht zerstörten Fabrikanlagen ins Ausland verschleppt hatten als Reparationszahlungen.

Das Kriegserlebnis verband uns mit unseren Lehrern, soweit sie Soldaten gewesen waren und nun meist schwer verwundet vor uns standen. Sie, aber auch die von psychischer Last befreiten älteren Lehrer hatten viel Verständnis für uns. An ein besonderes, ganz gegenteiliges Ereignis erinnere ich mich darum noch sehr genau: Wir sollten an einem Vormittag nach der großen Pause nach Oberbarmen zu einem Vortrag in der Carl-Duisberg-Schule gehen. Ich organisierte den Widerstand, wir könnten erst losgehen, wenn wir die tägliche »Quäkerspeise« bekommen hätten. Wir gingen erst danach – Punktum.

In einer Vortragsveranstaltung mit anschließender Diskussion hatte ich mich kritisch geäußert. Am zweiten Tag danach bekam ich eine Anweisung, mich im Arbeitsamt an der Gronaustraße beim Amtsarzt zu melden, der mich auf Bergbau-Tauglichkeit untersuchen solle. Ich ging hin und wurde trotz meiner total mageren Konstitution bergbautauglich geschrieben. Meine Eltern waren empört, ich war wütend, wollte ich doch das Abitur erreichen und Lehrer werden.

Mein Vater hatte so gute Verbindungen und Argumente, dass die Sache niedergeschlagen wurde. Ich konnte weiter zur Schule gehen, war aber um eine Erfahrung in der uns vielgepriesenen Demokratie reicher geworden. Ich hatte blitzartig begriffen, dass man als Redner nicht ohne Bedenken seine eigenen Gedanken sagen darf, sondern sich auf Gesprächspartner und Themen einstellen muss, sonst wird man allzu leicht missverstanden. Diese Erkenntnis half mir in späteren Jahren bei zahlreichen Vorträgen und Veranstaltungen.

Helmut Eggermann, ein früherer Lehrer aus der Carl-Duisberg-Schule, wohnte in unserer Nähe. Er hatte zunächst Probleme mit der Entnazifizierung, über die Vater ihm hinweghalf. Herr Eggermann war ein belesener Philosoph und lud mich ein, doch von seinem Wissen zu lernen. Er war auch ein geborener Lehrer. Ich war längere Zeit zweimal in der Woche bei ihm und habe genossen, dass er mir auf meine Fragen zur Philosophie, besonders zu Immanuel Kant, so gute Antworten geben konnte.

Vater arbeitete nach dem Krieg wieder als Stadtschulrat und hatte sein Dienstzimmer im Erdgeschoss des ehemaligen Polizeipräsidiums, jetzt Neues Rathaus, hinten rechts zur Druckerstraße, das den Engländern zunächst als Nazi-Haftanstalt gedient hatte. Die Nazis hatten noch bis Kriegsende in den inneren und den Kellerräumen ihre Gegner inhaftiert.

Anfang 1946 meldete ich mich mit Fritz bei der Tanzstunde Heinz Wegener in Wupperfeld an. Auch meine Freundin Ruth meldete sich an, wenn ihre Mutter auch Bedenken hatte, unsere langjährige Freundschaft würde in der Tanzstunde zerbrechen. Sie hatte Recht, wir gingen während der Tanzstunde auseinander.

Marlis

Von nun an füllte Tanzen mein Denken und meine Zeit aus. Es machte mir einfach so viel Spaß, dass ich mein Interesse an politischen Versammlungen sehr einschränkte und jede Gelegenheit zum Schwofen nutzte, selbst wenn Herr Wegener einen Tanzpartner für eine »alleinstehende« Tänzerin suchte. Zu meinem Geburtstagstanz bat ich damals Anne D., eine langjährige Schulfreundin von Marlis Wardenbach. Ich hatte aber mit Anne kein Glück. Sie war einfach zu launisch und unberechenbar. Da schrieb ich Marlis einen Brief, ob sie mir bei Anne helfen könne. Wir trafen uns, gingen spazieren und haben wohl ganz unbewusst den »Grundstein« für unsere Lebensentscheidung gelegt. Durch Tanzstunde und Schülertreffs wechselten die lockeren Freundschaften, manchmal mit Tränen oder mit dem Vermittlungsversuch der Mutter einer enttäuschten Freundin bei meiner Mutter.

Dann kam schon bald mein Abitur mit der für mich lebensbedeutsamen Abi-Feier bei »Richter in der Beek«. Das war am 29. März 1947. Ich ging dorthin mit einem Mädchen, das ich kaum kannte und auch nie wiedergetroffen habe. Denn mir war Anne noch immer nicht so ganz aus dem Kopf gegangen.

Aber bevor ich als Klassensprecher meine Rede zur Begrüßung und als Dank an unsere Lehrer halten konnte, hatten mir Klassenkameraden unbemerkt Kartoffelschnaps in mein damals übliches alkoholfreies, chemisch zubereitetes »Heißgetränk« gekippt und mich damit nahezu kampfunfähig gemacht. Ich hatte ja keinerlei Erfahrungen mit Alkohol und keine Ahnung von dessen Wirkung.

Obwohl es mir eigentümlich im Kopf war, begann ich zielstrebig meine Rede, fand dann aber, völlig ungewohnt, nicht die richtige Reihenfolge der Worte und verlor den Halt unter meinen Füßen. Von da an habe ich nichts mehr bewusst steuern können und musste zum Klo geführt werden, um mich auszukotzen. Unser hochgeehrter und geliebter Studienrat Hellmann, ein aufrechter Kamerad, der ein Bein im Krieg verloren hatte, redete mir auf dem Klo gut zu. Dann schleppte ich mich vor die Haustür des Lokals und setzte mich auf eine Mauer seitlich der Treppe.

Dort kümmerte sich, ohne dazu veranlasst zu sein, ein liebenswertes Wesen um mich, mit einem seidigen Rock, den ich als Engelsgewand empfand, und es war wirklich ein Schutzengel für mich.

Marlis konnte mich wohl nicht leiden sehen und hat sich fortan bis heute als mein irdischer Schutzengel erwiesen. Sie stützte mich auch, als wir in einer größeren Meute zurück nach Barmen durch die Trümmerstraßen marschierten. Sie war dabei, als ich wegen lauten Singens an der Tannenbergstraße von einem Polizisten aufgeschrieben wurde und 12 Reichsmark Strafe zahlte. »Ersatzweise« wäre es ein Tag Haft gewesen. Und sie begleitete mich bis vor ihre Haustür in der Meckelstraße, heute Schlossstraße. Bis dahin war es ein Weg von anderthalb Stunden. Dort verabschiedeten wir uns freundlich zurückhaltend, noch nicht erkennbar liebevoll. Vielleicht lag's an meinem hässlichen Atem; aber sie ging mir nicht mehr aus dem Kopf.

»Villa Heddergott« am Toelleturm 2004

Mit meinen Eltern hatte ich vereinbart, dass ich nicht in der Nacht zum Diek kommen, sondern bei meinem Klassenkameraden Karl-Heinz Heddergott übernachten und am Vormittag erst heimkommen würde. Karl-Heinz hatte sich das Klohäuschen beim Toelleturm auf eigene Faust zur Wohnung ausgebaut. Am nächsten Morgen fuhr ich mit der Straßenbahn Linie 4 vom Toelleturm zum Wichlinghauser Markt und ging zu Fuß zum Diek. Marlis ging mir nicht aus dem Kopf, und als ich bemerkte, dass meine Krawattennadel abhandengekommen war, ein Erbstück von Großvater Brand, rief ich Hans Hohagen an, er möge mir sagen, wie ich Marlis möglichst telefonisch erreichen könne. Er wusste es und ich erreichte Marlis am Telefon ihres alten Onkels zwei Etagen höher im Haus. Ja, sie habe die Nadel, ich solle doch kommen.

Als ich zu ihr kam, waren dort eine ganze Reihe meiner Klassenkameraden; warum? wieso? Marlis wusste es nicht. Hänschen Hohagen jazzte auf dem Klavier, es war tolle Stimmung, und dann gingen wir alle gemeinsam durch den Kothener Wald hinauf zum Toelleturm.

Zuletzt wurden wir immer weniger, bis Marlis und ich allein übriggeblieben sind – alle hatten wohl Verständnis für uns und verdrückten sich. Wie dieser Tag weiter verlief, weiß ich nicht mehr, denn ich war einerseits hundemüde, andererseits unendlich verliebt, anders, als ich das bisher kannte. Und so sollte es dann auch werden.

4. August 1950

In der Beek, 53 Jahre später

Zu den Jugenderinnerungen von Reinhard Meis

Reinhard Meis bestimmte seine Erinnerungen »Schöne Zeiten, schlimme Zeiten« zunächst für Kinder und Enkel, zu denen sich inzwischen Urenkel gesellt haben. Sie und einige Verwandte und Freunde sollten vor allem seine ersten beiden Lebensjahrzehnte kennenlernen. Doch es erging ihm wie anderen Autobiographen, die nur für einen kleinen Kreis zu schreiben gedachten. Wer seine Aufzeichnungen las, gewann die Überzeugung, dass der Rückblick auf die Jugend eine größere Leserschaft verdiente.

Denn der Verfasser hat nicht nur Erinnerungen niedergeschrieben, die man gespannt verfolgt, sondern eine einzigartige Epoche der deutschen Geschichte in den Blick genommen: Weimarer Republik, Nazijahre, Zweiter Weltkrieg und frühe Nachkriegszeit. Jedes Stichwort birgt eine eigene Dramatik und Reinhard Meis gibt jedem eine persönliche Färbung. Weil er sich vorgenommen hat, ehrlich niederzuschreiben, was ihm vor Augen stand, nichts zu beschönigen und nichts zu entschuldigen, erfahren wir auch von der Hitler- und Kriegsbegeisterung des jungen Mannes. Reinhard Meis wollte sich als Hitlerjunge und Soldat »für Führer und Volk« einsetzen.

Auf diese Weise traten Einflüsse von Hitlerjugend und allgegenwärtiger nationalsozialistischer Propaganda zutage, die ihm nicht in die Wiege gelegt waren, genauer gesagt: die ihm das Elternhaus nicht mitgegeben hatte. Denn die Eltern erwiesen sich allen nationalsozialistischen Einflüssen gegenüber als immun. Der Vater war nach dem Ende der Monarchie als junger Lehrer Mitglied der SPD geworden und wurde zum Schulrat der Stadt Barmen berufen. Die von ihm loyal und parteiübergreifend wahrgenommene Aufgabe setzte er in der 1929 gebildeten größeren Stadt Wuppertal fort, verlor sie jedoch unmittelbar nach der nationalsozialistischen Machtergreifung, als die Stadtverwaltung auf strammen Parteikurs gebracht wurde. Machtlos mussten die Eltern zusehen, der Vater zumal, wie ihr Junge NS-Verführern anheimfiel. Aufklärende Gespräche mit dem Sohn verboten sich, wie Reinhard Meis offen darstellt. Zu groß war die Gefahr, dass der Hitlerjunge zum Denunzianten wird und die Eltern um Arbeit und Brot bringt. Die Leitung einer Schule hatte Max Meis ohnehin nur schweren Herzens übernommen, um mit seiner Familie überleben zu können.

Seine Erinnerungen an den Kriegseinsatz als Marinesoldat ergänzen die beiden grundlegenden Darstellungen von Bernd Bölscher[1] zur Beteiligung der Kriegsmarine am Landkrieg in der Schlussphase des Zweiten Weltkriegs.

Lebensdaten

Reinhard Meis, geb. 1. Mai 1927 in Barmen, legte nach Rückkehr vom Kriegseinsatz 1947 das Abitur am Gymnasium Siegesstraße, Wuppertal-Barmen (heute mit dem Zusatz »Gymnasium Johannes Rau«) ab. Von 1947 bis 1949 studierte an der 1946 neu gegründeten Pädagogischen Akademie Wuppertal, die zunächst im Schulgebäude Thorner Stra0e untergebracht war. Nach diesen vier Semestern war Meis Volksschullehrer an mehreren Barmer Schulen und Rektor der Volksschule Sedanstraße. 1967 wurde er Schulrat in Düsseldorf und wechselte 1969 in das Kultusministerium des Landes Nordrhein-Westfalen. Dort war er Regierungsdirektor, Ministerialrat und Leitender Ministerialrat. 1989 trat er in den Ruhestand. Seinen Wohnsitz behielt er mit seiner Familie in Wuppertal-Barmen.

Am 4. August 1950 hatte er Marlis Wardenbach aus Unterbarmen geheiratet, die 1929 dort das Licht der Welt erblickte. Das Ehepaar fei-

---

1 Bernd Bölscher, An den Ufern der Oder. Genesis eines Kriegsendes. Die 1. Marine-Infanterie-Division und das letzte Aufgebot des Großadmirals Dönitz am Ende des Zweiten Weltkriegs. BoD: Norderstedt, 2. Aufl. 2020 (zuerst 2014); ders., Hitlers Marine im Landkriegseinsatz. Eine Dokumentation. BoD: Norderstedt 2015

erte 2020 die Gnadenhochzeit, das siebzigjährige Hochzeitsjubiläum. Der Ehe entsprossen vier Töchter mit vier Enkeln und vier Urenkeln. Die Eltern von Reinhard Meis waren Hedwig Meis geb. Brand, geb. 7. Oktober 1889, gest. 3. Oktober 1968 und Max Meis, geb. 23. August 1883, gest. 23. April 1948. Hedwig Brand und Max Meis heirateten 1923. Der ältere Sohn, Reinhards einziger Bruder Fritz Meis, geb. 31. Mai 1925, gest. 21. Januar 2008, ging als Oberstudiendirektor (Lehrfächer Kunsterziehung und Biologie) und Leiter eines Bezirksseminars zur Ausbildung von Gymnasiallehrern in den Ruhestand.

Reinhard Meis wurde 1958 Mitglied der SPD. Er gehörte von 1964 bis 1969 dem Rat der Stadt Wuppertal an. Dort war er u.a. von 1961 bis 1969 zunächst als Bürgervertreter Mitglied des Schulausschusses.

Wie sein Bruder Fritz, der Kunst studiert hatte, war Reinhard Meis als Maler auch ausübender Künstler. Die Motive seiner Gemälde suchte er vorwiegend in Landschaft und Architektur, beteiligte sich an Ausstellungen und hatte die Freude, dass manches Bild verkauft wurde.

Reinhard Meis starb am 7. Oktober 2020 in Wuppertal-Barmen und wurde auf dem evangelischen Friedhof Unterbarmen beigesetzt.

Klaus Goebel